DAS KINDERMÄDCHEN WEISS ES AM BESTEN

MILLIARDÄR LIEBESROMANE

MICHELLE L.

INHALT

Kostenloses Geschenk	1
Klappentexte	5
Kapitel 1	8
Kapitel 2	18
Kapitel 3	28
Kapitel 4	35
Kapitel 5	44
Kapitel 6	64
Kapitel 7	72
Kapitel 8	80
Kapitel 9	89
Kapitel 10	97
Kapitel 11	106
Kapitel 12	116
Kapitel 13	127
Kapitel 14	136
Kapitel 15	145

Veröffentlicht in Deutschland:

Von: Michelle L.

© Copyright 2021

ISBN: 978-1-64808-882-7

ALLE RECHTE VORBEHALTEN. Kein Teil dieser Publikation darf ohne der ausdrücklichen schriftlichen, datierten und unterzeichneten Genehmigung des Autors in irgendeiner Form, elektronisch oder mechanisch, einschließlich Fotokopien, Aufzeichnungen oder durch Informationsspeicherungen oder Wiederherstellungssysteme reproduziert oder übertragen werden. storage or retrieval system without express written, dated and signed permission from the author

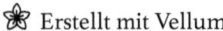 Erstellt mit Vellum

KOSTENLOSES GESCHENK

Klicken Sie hier für ihre Ausgabe

Tragen Sie sich für den **Michelle L.** ein und erhalten Sie ein KOSTENLOSES Buch exklusiv für Abonnenten.

Holen Sie sich hier Ihr kostenloses Exemplar von Eine Besondere Nanny.

Klicken Sie hier für ihre Ausgabe

„Ich war in meinem Leben endlich an dem Punkt, an dem ich sein wollte... oder etwa nicht?"

Meine Karriere als Musikerin schien endlich abzuheben, auch wenn ich das mit meiner Familie, meiner Heimatstadt und meinem Ruf bezahlte. Leider hatte das Schicksal mit mir und meinem Bruder etwas anderes vor, sodass ich von LA wieder nach Alpena in Michigan zurückmusste.

Ohne Leila Butler wäre ich nicht weit gekommen, nachdem mein Bruder Micah kein Geheimnis daraus machte, wie sehr er mich hasste. Wenn es diese süße, sexy Blondine nicht gäbe, die so toll mit ihm umgehen konnte – wer weiß, wo ich dann wäre? Wahrscheinlich in LA, wo ich auch hingehörte.

Klicken Sie hier für ihre Ausgabe

https://dl.bookfunnel.com/phfl5slq67

KLAPPENTEXTE

Ich habe alles, was man sich im Leben wünschen kann.

Ich habe ein Luxushaus. Ich habe ein Milliardenunternehmen. Ich habe einen Sohn, der mein Stolz und meine Freude ist. Für jeden Außenstehenden sieht es so aus, als hätte ich alles. Ich bin der Mann der jeder entweder sein will oder mit dem jeder zusammen sein möchte.
Aber tief drinnen bin ich gebrochen.
Ich habe vor Jahren meine Frau verloren und habe keiner anderen Frau jemals wieder einen Platz in meinem Leben geschenkt. Und so will ich das auch. Ich brauch keine emotionalen Verstrickungen und werde keine haben.
Aber dann traf ich sie.

Sie ist perfekt. Sie ist witzig. Sie ist wunderschön. Sie ist alles, was ich jemals bei einer Frau wollte.
Und dann verschwindet sie.
Ich suche nach ihr. Ich stelle die Welt auf den Kopf. Aber sie bleibt verschwunden. Alles was ich habe ist mein Sohn und die Freundschaft einer Frau, die anders ist als alle die ich bisher getroffen habe. Anders als alle, außer einer...

Das Leben hasst mich

Ich tue alles was ich kann um erfolgreich zu sein, aber es scheint als ob mir alles, was ich in meinem Leben jemals erreicht habe, weggenommen wird bevor ich es genießen kann.
Ich brauche keinen Mann. Ich brauche keine Familie.
Ich brauche keine Liebe.
Ich brauche Geld.
Und ich würde alles tun um welches zu bekommen.
Sicher, ich habe gezögert als meine Freundin mir einen Weg vorgeschlagen hat um Geld zu verdienen, der meiner Moral widerspricht, aber nach allem was ich durchgemacht habe weiß ich nicht einmal mehr was meine Moral eigentlich ist.
Dann treffe ich ihn.

Er ist klug. Er ist sexy. Er ist charmant. Er weiß, was er will und er bekommt es. Niemand stellt sich ihm in den Weg, niemand kann Nein sagen.
Wenn er etwas im Visier hat, dann bekommt er es.
Und er hat mich im Visier.

Lust. Lügen. Doppelleben. Ein einfaches Armband

Das Leben ist nicht fair zu Shoshana Bailey. Es ist niemals fair gewesen. Solange sie zurückdenken kann war sie die einzige gewesen, die für sich gekämpft hat.
Und es war immer ein Kampf gewesen ihren Kopf über dem Wasser zu halten. Als sie es nicht mehr aushält und in LA ankommt, weiß sie, dass sie etwas ändern muss oder sie wird als Stripperin enden, genau wie ihre Freundin.
Aber es ist nicht leicht an einen Job zu kommen und sie weiß, dass ihr die Zeit davonläuft.
Auf der verzweifelten Jagd nach Geld schlägt ihre Freundin ihr vor für diese Nacht als Begleiterin zu arbeiten, und Shoshana gibt zögernd nach.
Es ist ja nur eine Nacht und das wird ihr Leben schon nicht verändern, oder?

1

„Komm schon, Jordan! Erzähl mir nicht, dass dir einer schon reicht. Die Nacht ist noch jung, lass uns loslegen!" O'Malley schlägt mir laut lachend auf den Rücken und schaut sich am Tisch um, bei der Suche nach Zustimmung. Die anderen lachen mit ihm und ich lächle, als ich mich wieder auf den Stuhl setze, den ich gerade verlassen wollte.

Er hat recht, wir sind nicht seit langer Zeit hier, aber mir ist nicht nach Gesellschaft. Ich wäre jetzt viel lieber zu Hause, mit einem Whiskey in meiner Hand, anstatt hier zu sitzen, umgeben von diesen Narren, die sich mit Scotch betrinken. Aber das ist etwas mit dem ich leben muss.

Diese Männer sind meine Investoren. Sie haben riesige Mengen an Geld ausgegeben, wieder und wieder, für die Ideen, die mir in den Sinn gekommen sind – und das letzte mal hat es sich wirklich ausgezahlt. Ich habe endlich eine Software entwickelt, die bombensicher ist. Kein Hacker der Welt ist in der Lage durch die digitalen Wände, die ich erschaffen habe, einzudringen. In einer digitalen Welt voller Menschen, die nichts lieber tun würden als alle Informationen zu klauen die sie in die Hände bekommen und sie dann zu ihrem eigenen Nutzen zu gebrauchen, kann man gar nicht vorsichtig genug sein. Ich weiß das, die Öffentlichkeit weiß das, und die Investoren wissen das.

„Ja, Jordan! Seit wann bist du so ein Leichtgewichtler? Ich dachte ich hätte dich letzte Nacht mit den ganzen hübschen Ladies an der Bar gesehen."

Ich zucke bei der Erinnerung an die Party eines der Investoren letztes Wochenende zusammen. Es macht mir nichts aus zu pompösen Eröffnungen oder Parties zu gehen, die von diesen Geschäftsanfängern gegeben werden, aber ich hasse das Gefühl beobachtet und für meine Taten beurteilt zu werden, wenn ich dort bin.

Es ist kein Geheimnis, dass ich ein Junggeselle bin. Meine Frau ist vor knapp acht Jahren gestorben und ich wate seitdem langsam wieder in den Datingpool zurück. Bisher hat sich nichts ernsthaftes ergeben, aber ich halte nach jemandem Ausschau, der die Leere füllt die in meinem ,oder eher noch in dem Leben meines Sohnes herrscht.

Ich brauche keine Frau die mich glücklich macht. Aber ich hätte gern eine selbstbewusste Hand im Leben meines Sohnes, besonders seit ich nicht mehr so oft bei ihm bin wie ich das gern sein würde.

„Okay, okay, Gentleman. Ich kann noch ein paar Minuten bleiben, aber nicht die ganze Nacht. Es gibt noch etwas anderes zu tun um mein Unternehmen am Laufen zuhalten, als nur herumzusitzen und darüber zu reden." Ich lache mir den Druck bleiben zu müssen von der Seele, aber es ist mir durchaus ernst. Erneut ertönt Lachen vom Tisch und es ist offensichtlich, dass der Alkohol die meisten Männer hier schon im Griff hat.

„Das ist Rex wie er leibt und lebt. Immer der Verantwortungsbewusste. Ich wette der wahre Grund warum er davonläuft ist weil er sein Kind ins Bett bringen will, stimmt's Kumpel?" Brody Pierce, meine alter Kollege und Co-Entwickler, schlägt mir auf die Schulter als er sich wieder an den Tisch setzt. Ich habe mich so daran gewöhnt das man mich mit meinem Nachnamen anredet, das ich zusammenzucke als er meinen Vornamen verwendet.

„Ich bin sicher, dass sein Kindermädchen das ganz gut alleine hinbekommt", erwidere ich schief grinsend. Doch Brody hat recht. Ich würde alles darum geben meinen Sohn ins Bett zu bringen. Aber ich lebe ein Leben inmitten der Elite der Gesellschaft, und diese

Männer interessieren sich mehr für die Zahlen auf ihrem Bankkonto als für alles andere in ihrem Leben – sogar mehr als für ihre Familien.

Und ich werde immer mehr zu einem von ihnen.

„Warum suchst du dir nicht eine andere Frau und schickst das Kindermädchen zur Hölle?", fragt Brody und schenkt sich noch einen Drink ein. Er ist der Lauteste am Tisch, aber als die Frage erst einmal raus ist, stimmen alle zu. Ich weiß, dass es schwer wird mich herauszuwinden um diese Frage nicht beantworten zu müssen, doch ich versuche es mit aller Macht.

Das letzte was ich will ist es, mit irgendeinem dieser Männer mein Privatleben zu besprechen. Sie wissen schon mehr über mich als ich es für gut befinde, aber ihnen persönliche Informationen über mich zu geben ist ein anderes Erfordernis meines Jobs. Wenn ich ihr Geld will, dann muss ich ihnen sagen was sie wissen wollen.

Ich muss zugeben, dass die neue Software und die Dinge, die ich damit dank ihres Geldes anstellen kann, eines der besten Dinge die ich in meinem Leben getan habe, ist. Dank ihnen bin ich jetzt der stolze Besitzer eines Multimillionen Dollar Unternehmens, das wahrscheinlich bis zum Ende des Jahres zu einem Milliardenunternehmen gewachsen sein wird. Ich weiß, dass ich das Geld habe um meinem kleinen

Sohn, Brayden, alles zu geben, was sein kleines Herz begehrt.

Alles, außer einer Mutter.

Er ist immer noch sehr jung – nicht einmal sieben Jahre alt – und er kämpft jeden Tag mit dem Lebensstil den wir führen. Er hatte niemals ein Kindermädchen gehabt als ich die Erste eingestellt habe und er hat sich immer noch nicht damit abgefunden. Ich sage jeder, die ich neu einstelle, dass sie Geduld mit ihm haben müssen und ihm Zeit geben müssen, damit er sich an sie gewöhnen kann, aber es ist nicht ungewöhnlich, dass sie nach ein paar Wochen schon wieder kündigen.

Meistens lag das Problem bei den Kindermädchen und nicht bei meinem Sohn. Er ist ein kleiner Junge mit immens viel Energie und er braucht eine Aufsichtsperson, die seine Bedürfnisse versteht. Er hat eine Menge durchgemacht in seinem kurzen Leben und ich verstehe vollkommen, warum er die meiste Zeit schwierig ist. Ein Kindermädchen zu bekommen, das das versteht, hat sich allerdings als eine größere Herausforderung herausgestellt als ich angenommen hatte.

„Es ist nicht so leicht einfach da raus zu gehen und sich eine Frau zu suchen. Du solltest das besser als alle anderen wissen'", necke ich ihn. Ich komme wie ein Arschloch rüber und das ist mir recht.

Brody hat jeden Trick der Welt probiert um eine Frau dazu zu bewegen, ihn zu heiraten, aber da er nun mal der Idiot ist der er ist, kann er keine mehr als ein paar Monate lang halten. Er war zweimal verheiratet, aber darüber reden wir nicht.

„Ich habe kein Problem wenn es um Frauen geht. Sofern ich mich erinnere, war ich derjenige der letztes Wochenende mehreren einen Korb geben musste um sicher zu gehen, dass ich die heißeste mit nach Hause nehme", gibt er an. Ich will gerade etwas erwidern als mein Telefon klingelt. Ein Blick darauf sagt mir, dass es das Kindermädchen ist und ich seufze.

Es kann doch verdammt noch mal nicht so schwer sein ein Abend allein mit meinem Sohn über die Bühne zu bringen?

„Ich muss dran gehen", sage ich als ich aufstehe. Einmal mehr gibt es Meuterei am Tisch. Meine Kollegen sind daran gewöhnt ihr Leben nach ihrer eigenen Zeiteinteilung zu verbringen. Sie würden niemals einen persönlichen Anruf – nicht einmal einen von ihren Frauen – es erlauben sie zu stören, wenn sie gerade mitten in einem Saufgelage mit den Jungs sind. Aber, das ist nicht meine Frau.

Das ist die Frau, die eigentlich auf meinen Sohn aufpassen soll, und ich bin nicht bereit ein Risiko einzugehen.

„Hallo?", sage ich fragend und lasse das Wort in der Luft hängen.

„Mr. Jordan, es tut mir so leid, dass ich Sie störe, aber ich kann scheinbar nichts tun um Braydon zu beruhigen. Er schreit jetzt schon seit einer Stunde und hört auf nichts, was ich sage." Sie klingt erschöpft, aber ich fühle wie der Ärger in mir aufsteigt. Warum ist es so verdammt schwer auf einen kleinen Jungen aufzupassen?

„Haben Sie versucht ihm ein Bad zu geben? Er mag das Lavendelduschgel, das ich für ihn gekauft habe", sage ich erneut mit herablassender Stimme.

„Ich habe alles versucht. Er schreit die ganze Zeit nach Ihnen. Es tut mir wirklich leid zu stören, aber ich weiß einfach nicht, was ich sonst noch tun könnte." Ich kann die Sorge in ihrer Stimme hören, aber ich weiß, dass sie sich mehr Sorgen darüber macht das ich sie feure wenn ich nach Hause komme, als darüber, wie mein Sohn sich fühlt.

„Ich bin gleich da", sage ich nach einer verdrießlichen Pause. Die Erleichterung in ihrer Stimme ist offensichtlich, aber da ist noch immer ein besorgter Unterton.

„Oh, danke, danke! Ich sage ihm, dass Sie auf dem Weg sind. Vielleicht hilft ihm das ja dabei sich zu beruhigen."

„Das hoffe ich verdammt noch mal", erwidere ich.

Ich höre sie keuchen und höre wie sie etwas sagen will, aber ich lege auf. Ich habe genug von diesen inkompetenten Frauen und ich habe noch mehr die Nase voll von dem Leben, das ich gezwungen bin zu führen – auch wenn ich weiß, dass ich es für meinen Sohn tun muss...

An irgendetwas muss ich aber meine Wut auslassen oder ich flippe bei der ersten Person aus, die das Pech hat mich zu verärgern.

Ich gehe zum Tisch zurück. „Gentlemen, unglücklicherweise muss ich nach Hause. Ich muss mich leider verabschieden."

Ein Murren geht wieder durch die Reihen und einige der Männer versuchen meine Meinung zu ändern, wobei Brody der Schlimmste ist. Ich halte meine Hand hoch und schaue von einem Gesicht zum anderen.

„Danke das ich heute Abend hier sein durfte, aber mein Sohn braucht mich und ich muss zu ihm." Es ist klar, dass ich mich auf keine Diskussionen einlassen werde und einige der Investoren nicken.

„Oh, Jordan, vergiss nicht das ich Freitagabend eine Party in meinem Hotel gebe und du dort erwartet wirst." Mr. Frasier, mein Top Investor, erinnert mich daran als ich mir die Jacke zuknöpfe.

Ich zucke innerlich zusammen. Im Moment bin ich nicht in der Stimmung um zu einer anderen Party zu gehen, aber das sind nicht die Art von Parties bei denen ich es mir leisten kann abzusagen. Ich krümme mich innerlich als er fortfährt.

„Und es wird erwartet, dass Sie in Begleitung erscheinen." Rings am Tisch wird gejubelt als alle anderen zustimmen. Ich weiß nicht, warum alle der Ansicht sind, dass ich in meinem Leben eine Frau brauche, aber ich weiß, dass mir auch hier die Hände gebunden sind. Ich schenke ihm ein zuversichtliches Lächeln und nicke.

„Natürlich, es sollte ja kein Problem seine ein hübsches, junges Ding zu finden, das ich mitbringen kann", sage ich grinsend. Wieder wird gejubelt und ich unterdrücke das Bedürfnis ihnen allen zu sagen das sie sich verpissen sollen. „Gute Nacht, Gentlemen."

„Weißt du", sagt Brody als ich meinen Hut aufsetze und dem ganzen Tisch höflich zunicke. „Eine Frau könnte das beheben."

„ Fick dich, Brody", sage ich als ich mich zum Gehen umwende. Ich höre ihr Lachen als ich davongehe und weiß, dass sie denken, dass ich scherze.

Aber das tue ich nicht.

Es würde mir nichts ausmachen wieder zu heiraten, aber ich werde mich wahrscheinlich nie wieder verlieben. Das habe ich einmal getan und sie ist gestorben. Es gibt auf diesem Planeten keine andere Frau, die so ist wie Michelle, und ich werde mir das auch nicht einreden.

Ich habe mich einmal verliebt und das eine mal war mehr als genug.

2

Ich drehe mich auf den Bauch, vergrabe mein Gesicht in der Couch und ziehe ein Kissen über meinen Kopf, wobei ich es mir an meine Ohren presse und versuche so gut ich kann die Geräusche auszublenden, die aus dem Schlafzimmer kommen.

Jasmin hat schon wieder einen Typen mit nach Hause gebracht. Er ist der dritte diese Woche.

Ich schließe meine Augen und versuche mir nicht den Sex vorzustellen, den sie haben. Jasmin ist eine Tänzerin. Eine exotische Tänzerin. Sie ist die Art von Mädchen, die es liebt, alles von sich zu zeigen und zu geben. Und sie ist stolz auf das, zu was sie fähig ist. Und ich verurteile sie deshalb nicht – so lange wie sie mit den Entscheidungen, die sie in ihrem Leben fällt, glücklich ist.

Was ich nicht ertragen kann sind die Männer, die sie mit nach Hause bringt.

Ich war niemals ein Mädchen das denkt, das Männer Gauner sind, aber diese Männer haben meine Meinung geändert. Sie sind nicht nur hier um sie zu ficken, sie versuchen es auch bei mir. Und schlimmer noch, sie bringen immer die Drogen mit, welche ich mein ganzes Leben versucht habe zu meiden.

Mein Dad starb als ich zehn Jahre alt war und meine Mutter hat Aufputschmittel genommen um damit fertig zu werden. Ich habe die meiste Zeit als Teenager damit verbracht mich um sie zu kümmern und musste hilflos zusehen, wie sich unser gutes Verhältnis in Rauch aufgelöst hat. Als ich achtzehn geworden bin war unsere sogenannte Beziehung nicht mehr vorhanden, und der letzte Streit den wir hatten war der letzte, den ich mit ihr haben wollte.

Ich höre einen lauten Lustschrei aus dem Schlafzimmer, gefolgt von Stille und ein paar Minuten später kommen Jasmin und ihr neuster Flirt aus dem Zimmer. Jas trägt nur einen Bademantel und ihre Unterhose und ich weigere mich den Mann anzusehen. Ihr Abschied ist kurz und ein paar Augenblicke später sind wir allein.

„Entschuldige Shoshana, haben wir dich geweckt?", fragt sie als sie in die Küche geht.

„Nein, ich war schon wach", lüge ich. Sie fängt an

Speck zu brutzeln und mein Magen knurrt. Mit zweiundzwanzig kämpfe ich mit dem, was ich mein Leben nenne. In Portland war ich am College, aber ich habe es nicht mehr ausgehalten bei meiner Mutter zu leben. Ich hatte mit einer Lehre als Krankenpflegerin angefangen und befand mich jetzt nach meiner plötzlichen Entscheidung nach L.A. zu gehen, auf Neuland.

Ich bin bei Jasmin eingezogen, die einzige Freundin die ich hier hatte, und schlafe seitdem auf der Couch. Ich warte darauf vom College zu hören, versuche einen Job zu finden und bete zu Gott, dass ich hier so schnell wie möglich weg komme.

„Hast du Hunger?", ruft Jasmin aus der Küche.

„Ja", erwidere ich und fühle mich schuldig. Sie hat sich seit ich in LA bin rührend um mich gekümmert und niemals auch nur um einen Cent gefordert. Ich fühle mich mies weil ich ständig ihr Leben kritisiere – auch wenn ich das nur in Gedanken tue - und nehme mir vor damit aufzuhören.

„WIE WAR DIE ARBEIT?", frage ich als Jasmine mit zwei vollen Tellern ins Wohnzimmer kommt. Sie zuckt mit den Schultern.

„Gut genug, denke ich. Langweilig. Hast du schon von dem Job gehört bei dem du dich beworben hast?" Sie lächelt und ich weiß, dass sie es wahrscheinlich nicht so meint, aber es fühlt sich an als würde sie mir einen versteckten Hinweis geben aus ihrer Wohnung zu verschwinden. Ich schüttele den Kopf und setze ein optimistisches Lächeln auf.

„Noch nicht, aber so weit ich weiß kann das etwas dauern. Sie haben gesagt es kann bis zu zwei Wochen dauern, bevor sie den passenden Kunden gefunden haben, und ich bin mir nicht sicher ob ich so lange warten kann. Du bist so nett zu mir, das ich bei dir wohnen kann und alles. Ich muss mich irgendwie bei dir revanchieren." Ich halte mich zurück und nehme mir nur kleine Stücke von dem Speck, auch wenn ich am verhungern bin. Sie zuckt erneut mit den Schultern.

Ich habe mich bei einem lokalen Kindermädchenservice beworben. Es ist kein Job in der Medizin, wie ich es gern gewollt hätte, aber es ist mit Kindern und ich kann gut mit Kindern umgehen. Sie haben mir jedoch zu verstehen gegeben, dass es etwas dauern kann bis sich jemand für mich entscheidet. Viele Eltern suchen nach einem Kindermädchen mit Erfahrung, ich sollte also nicht überrascht sein wenn es ein paar Wochen dauert.

„Ich mache mir deshalb keine Sorgen. Ich weiß, dass du etwas finden wirst", lächelt sie.

Ich zucke innerlich zusammen. Sie macht sich vielleicht keine Sorgen, aber ich tue das. Ich glaube nicht, dass ich es noch einmal aushalte ihr beim Sex zuzuhören, und ich will auch niemanden mehr eine Linie Kokain vom Badezimmertisch ziehen sehen.

„Ich wünschte es gäbe etwas was ich tun könnte. Ich brauche das Geld jetzt!" Ich rede leidenschaftlicher als ich das vorgehabt hatte und sie lacht.

„Du weißt, dass ich dir jederzeit einen Job besorgen kann", sagt sie grinsend und zwinkert mir zu. Ich werde rot.

„Ich kann nicht tanzen! Ich habe keine Koordination und ich bin auch nicht hübsch genug." Ich wünschte mein Gesicht würde nicht rot anlaufen, aber ich kann nichts dagegen tun. Sie lacht.

„Du musst ja keine Stripperin sein. Ich meinte mehr so was wie eine Begleiterin. Männer zahlen viel Geld für ein hübsches Mädchen das sie auf öffentliche Anlässe begleitet, oder einfach nur mit ihnen ausgeht."

Sie redet davon als wäre das die normalste Sache der Welt, doch mich packt das kalte Entsetzen. Das mag eventuell etwas für sie sein, aber ich bin eher noch etwas wie Jungfrau und ich könnte niemals das tun was sie tut. Mein Gesichtsausdruck verrät mich.

„Oh komm schon, du musst ja keinen Sex mit ihnen haben, du prüdes Ding", neckt sie mich und ich spüre wie ich noch mehr erröte, aber meine Neugier ist geweckt.

„Muss man nicht?", hake ich nach.

„Teufel, nein. Alles was du tun musst ist so auszusehen als ob du dich köstlich amüsierst. Stell die richtigen Fragen, sage das, was sie hören wollen, und halte ansonsten deinen Mund. Wirklich, alles was du tun musst ist einfach da zu sein und hübsch auszusehen. Lass sie eventuell ihren Arm um dich legen." So wie sie das sagt hört es sich nach nichts großartigem an, aber ich bin mir sicher, dass da mehr dahinterstecken muss.

WAS FÜR EIN Mann bezahlt mich nur damit ich neben ihm stehe und lächle? Als ob sie meine Gedanken lesen könnte verdreht Jasmine ihre Augen.

„Warum setzt du dich nicht an deinen Computer und ich helfe dir dabei dich auf einer Seite einzutragen? Ich kenne einige wo du hinpassen würdest. Alles was wir tun müssen, ist ein paar Bilder von dir hochzuladen, ein kleines Profil zu erstellen und Bingo, du bist dabei." Sie greift nach meinen Computer und gibt ihn mir, aber ich zögere. Ich schaue mit erhobenen Augenbrauen zu ihr auf.

„Und was zur Hölle soll ich anziehen? Es ist nicht so das ich eine Menge Klamotten hätte und ich denke nicht, dass sie glücklich sind wenn ihr CallGirl in

Yogahosen auftaucht." Ich hoffe, dass sie auf diese Weise nachgeben wird, aber sie lacht nur leise und schüttelt den Kopf.

„Sieh uns an! Wir haben dieselbe Größe! Du kannst meine Sachen benutzen. Ich wette das silberne Kleid, das ich habe, wäre perfekt für so was." Sie steht auf und geht in ihr Zimmer und ich werfe einen Blick auf die Webseite, die sie aufgerufen hat:

Ich muss zugeben das es verlockend ist: zumindest die Zahlen sind es: ich habe es satt pleite zu sein und ich muss so schnell wie möglich Geld verdienen.

Je länger ich auf die Webseite schaue, um so mehr bin ich davon überzeugt, dass das etwas ist, was ich wirklich tun könnte. Plötzlich kommt mir ein Gedanke und ich schüttele meinen Kopf als Jasmine wieder zurück ins Wohnzimmer kommt.

„Das kann ich nicht tun", sage ich.

„Sicher kannst du", erwidert sie.

„Nein, das kann ich nicht, Jasmine. Ich will Krankenpflegerin werden. Was für ein Krankenhaus würde eine Krankenschwester einstellen, die eine Vergangenheit als Nutte hat?" Ich sehe sie mit erhobenen Augenbrauen an und sie lacht als sie sich wieder hinsetzt und ihren Teller nimmt.

„Zuerst einmal bist du keine Nutte, und das ist kein

Job den du zu einem machen wirst. Zweitens musst du niemanden erzählen das du das tust. Warum zur Hölle sollte es jemanden interessieren was du in deiner Freizeit machst? Du willst dir etwas Geld dazu verdienen, bitteschön." Sie deutet mit ihrer Gabel auf den Bildschirm, aber ich bin noch nicht überzeugt.

„Was, wenn sie es irgendwie herausfinden? Ich könnte aus der Schule geworfen werden oder meine Bewerbung für den Transfer könnte abgelehnt werden. Wenn ich in einem Krankenhaus arbeiten würde, würde ich meinen Job verlieren!" Angst übermannt mich und ich höre die Anspannung in meiner Stimme. Sie schüttelt erneut ihren Kopf und ich sehe, dass das für sei kein großes Ding ist.

„Das bezweifle ich stark. Welches Krankenhaus interessiert es schon, was du in deinem früheren Job getan hast? Ich denke niemand wird es auch nur einen Scheiß interessieren, aber ich weiß, dass du dir deshalb viel zu sehr den Kopf zerbrichst." Sie wirft mir einen Blick zu, der mir sagt, dass sie völlig unbeeindruckt ist von meiner Einstellung ihrem Job gegenüber, und ich versuche mich zu beruhigen. Ich respektiere sie wirklich und will sie auf keinen Fall beleidigen.

Aber ich mache mir immer noch Sorgen. Auch wenn ich weiß, dass sie recht hat, und sich vermutlich kein Krankenhaus der Welt dafür interessiert was ich vorher getan habe, male ich mir immer das Schlimmste aus. Ich habe ständig Angst davor, dass irgendetwas mir meine Traumkarriere verderben könnte. Ich habe nicht die beste Vergangenheit wenn es um Glück geht, also bin ich immer wachsam.

„Ich mag die Idee immer noch nicht", murmle ich mehr zu mir selber als zu ihr.

Jasmine lacht und ich fühle eine Druck auf meiner Brust. Ich will mich nicht mit ihr streiten, aber ich habe den Eindruck, dass sie mich im Moment nicht sehr ernst nimmt. Ich will ihr das gerade sagen als sie mich unterbricht.

„Warum musst du deinen wirklichen Namen benutzen? Lass dich bar auszahlen, benutze einen falschen Namen, und vergiss das du es jemals getan hast. Wer weiß? Du stellst vielleicht fest, dass dir das besser gefällt als Krankenpflege." Jasmine zwinkert mir zu und ich schüttle meinen Kopf. Erneute spüre ich, wie ich sie kritisiere und ich ermahne mich das sein zu lassen. Sie war die ganze Zeit nett zu mir und es ist nicht fair, dass ich solche Gedanken hege.

Ich schaue wieder auf den Computerbildschirm und sie deutet darauf. „Alles was du tun musst ist ein Profil zu erstellen und es kann losgehen."

Ich zögere noch ein paar Sekunden bevor ich sie wieder anschaue. „Bist du sicher, dass ich das anonym tun kann?"

„Wenn du willst kannst du eine meiner Perücken tragen", sagt sie lachend.

Ich hole tief Luft und stoße sie seufzend wieder aus, während ich anfange das Formular auf der Seite auszufüllen. Sie hat recht. Ich brauche einen Job und das ist die beste Option die ich im Moment habe. Davon abgesehen bin ich süß. Eventuell finde ich jemanden, der sich mit mir verabreden will.

Zumindest tue ich etwas, was auf jeden Fall besser ist als auf der Couch zu sitzen und darauf zu hoffen vom Kindermädchenservice zu hören.

Ein paar Wochen ohne Geld ist nun mal auch eine lange Wartezeit.

3

Ich starre ins Nichts, meine Tasse Kaffee dampft vor mir auf dem Tisch. Ich trinke ihn jeden Morgen schwarz und das ist alles, was ich zum Frühstück habe. Ich habe morgens niemals Hunger und der ganze Mist darüber, wie wichtig das Frühstück ist, interessiert mich nicht. Ich bin schlank und muskulös und funktioniere auch ohne gut und brauche es nicht.

Brayden sitzt mir am Tisch gegenüber und isst sein Müsli. Wir sitzen beide schweigend da, er sortiert die Marshmallows heraus und steckt sie sich in den Mund, und ich denke darüber nach, was in den letzten 24 Stunden alles passiert ist.

Letzte Nacht war ich heim gekommen und Brayden hatte schlafend im Bett gelegen. Er sah friedlich und ruhig aus, wie ein kleiner Prinz. Dias Kindermädchen erzählte mir jedoch eine ganz andere Story und auch wenn sie erschöpft aussah, fiel es mir schwer zu glauben, dass er so schlimm war, wie sie es behauptete.

Sicher, ich weiß, dass er gern mal Theater macht und das er manchmal ausflippt wenn er nicht seinen Willen bekommt. Ich weiß auch, dass seine Ausfälle schlimmer sind als es bei den meisten anderen siebenjährigen erlaubt ist, aber das ist mir ehrlich gesagt egal.

Er ist mein Sohn, er hat eine Menge durchgemacht und ich werde ihn nicht für den Mist, der in seiner Vergangenheit passiert ist, bestrafen.

Aber das ändert nichts an der Tatsache das ich jetzt ein Problem habe. Ich muss nicht nur eine Frau für diese gottverdammte Party am Freitag finden – in nur zwei Tagen – sondern ich muss auch noch ein neues Kindermädchen, oder Babysitter, für Brayden auftreiben.

Ich kann ihn auf keinen Fall mit zur Party nehmen und ich kann es mir selber nicht leisten nicht aufzutauchen. Mr. Frasier jetzt zu verärgern wäre der größte Fehler den ich machen könnte. Das ist nichts was ich riskieren möchte.

„Darf ich jetzt aufstehen, Dad?" Braydons Stimme reißt mich aus meinen Gedanken, und ich sehe zu ihm herüber. Er hat alle Marshmallows aus dem Müsli gepickt und sieht mich jetzt erwartungsvoll an. Ich schüttle meinen Kopf.

„Du musst noch den Rest deines Frühstücks essen. Das sind die guten Sachen." Ich deutete auf seine Schüssel und er wirft mir noch einen Blick zu, diesmal voller Abscheu.

„Ich mag den Rest nicht", schnappt er.

Ich kann hören wie sich Ärger in seine Stimme legt und fühle die Anspannung in meiner Brust. Das letzte was ich tun will ist mich mit ihm über sein Frühstück zu streiten, aber ich bin als Vater schon Scheiße genug und kann ihn jetzt nicht damit wegkommen lassen das er nur die Marshmallows isst.

„Ich weiß, aber es ist gut für dich. Willst du nicht groß und stark werden wie ich?", frage ich.

„Du isst überhaupt kein Frühstück", erwidert er knapp.

Ich zucke zusammen. Da hat er recht. Wenn ich eines über meinen Sohn sagen kann, dann das er viel zu klug für sein Alter ist. Er weiß weitaus mehr als ich ihm anrechne und ich frage mich, ob das Teil des Problems ist, das er mit den Kindermädchen hat.

Wenn sie ein typisches Kind erwarten, das glücklich ist wenn es spielt und ein paar Unterrichtsstunden am Tag hat, dann liegen sie vollkommen daneben.

„Aber nur weil ich schon groß und stark bin", erwidere ich eher lahm.

Er sieht mich erneut an und schiebt seine Schüssel entschlossen zur Tischmitte. Die Milch schwappt über den Rand und ich muss mir auf die Zunge beißen um ihn nicht anzufahren.

„Brayden, du wirst das essen!", ist alles was ich hervor bringe.

„Nein!", schreit er. Er schubst die Schüssel noch einmal und heftiger an, wodurch sie über den Tischrand rutscht und auf den Boden fällt. Die aufgeweichten Reste des Müslis fliegen dabei aus der Schüssel und klatschen auf den Boden und an die Wand.

„Brayden Jordan! Du gehst jetzt sofort auf dein Zimmer!, schreie ich. Ich fühle wie ich die Beherrschung verliere und das will ich wirklich nicht. Ich will nicht, dass mein Sohn sich an einen Vater erinnert, der ihn am Morgen wegen einer Schüssel voll Müsli anschreit, besonders nicht nachdem was er in den letzten zwei Wochen durchgemacht hat.

Das Kindermädchen, das gestern Abend ihren Job hingeschmissen hat, hatte gerade mal ein paar Tage für mich gearbeitet. Das Kindermädchen vor ihr war ungefähr genauso lange geblieben und auch das Kindermädchen davor. Es war eine lange Liste von Kindermädchen, die ich eine nach der anderen verloren habe.

. . .

Sie sagen mir alle das selbe wenn es um Brayden geht. Er ist eigensinnig und rebellisch. Er tut Dinge so wie er es will oder gar nicht. Er hört auf niemanden und wenn er einmal eine Meinung gefasst hat, dann ist er davon nicht mehr abzubringen. Ich will glauben, dass das Problem bei ihnen liegt und nicht bei meinem Sohn, aber ich fange langsam an die Wahrheit zu sehen.

Er rennt schreiend in sein Zimmer und ich seufze als ich mich auf den Weg in die Küche mache um Papiertücher zu holen. Ich finde es ironisch das ich jeden Monat Millionen von Dollar verdiene und doch keine Hausfrau habe, die die Milch aufwischt. Es fällt mir schon schwer genug immer neue Kindermädchen zu finden, und ich habe keine Ahnung wie ich es jemals schaffen sollte eine Haushaltshilfe zu halten.

Aber auf der anderen Seite müsste sich eine Haushaltshilfe nicht mit Brayden herumschlagen. Zumindest nicht direkt.

Ich kann hören wie er in seinem Zimmer sein Spielzeug herumwirft und entschließe mich ihn zu ignorieren. Ich werde den Tag daheim verbringen und die Arbeit tun, die ich von zu Hause aus erledigen kann.

Bis ich ein neues Kindermädchen gefunden habe, oder zumindest einen Babysitter, werde ich derjenige sein, der sich um Braydens Bedürfnisse kümmert.

Als ich das Müsli aufgewischt habe, kehren meine Gedanken wieder zu der Tatsache zurück, dass ich eine Frau finden muss.

Ich habe in den letzten Jahren soviel Zeit damit verbracht die Leere, die meine Frau hinterlassen hat mit Arbeit auszufüllen, dass ich nicht einmal mehr eine Frau kenne die ich um eine Verabredung bitten könnte. Mit siebenunddreißig bin ich nicht mehr allzu jung und sie stehen nicht mehr Schlange vor meiner Tür wie früher.

Plötzlich kommt mir ein Gedanke.

Ich könnte online suchen.

Ich frage mich warum ich da nicht schon eher daran gedacht habe, schnappe mir meinen Laptop und suche nach Seiten wo man sich mit Frauen verabreden kann. Das würde eine einfache und schnelle Methode sein um jemanden zu finden, der mit mir zur Party geht und mir die anderen Jungs vom Hals hält.

Wo ich schon dabei bin suche ich gleich noch nach einer lokalen Agentur, die mir ein neues Kindermädchen schicken kann. Vergiss es Mädchen zu finden und anzustellen die dir jemand empfohlen hat – das schien eindeutig nicht zu funktionieren. Ich würde ein Mädchen über eine Agentur finden - eine mit ausreichend Erfahrung, die sich von dem starken Willen meines Sohnes nicht beeindrucken lassen würde.

Mit neu gewonnenen Ehrgeiz überflog ich die

Profile der unzähligen hübschen Frauen auf meinem Computerbildschirm. Sie hatten alle unterschiedliche Preise für eine Nacht, aber keine von ihnen war so teuer, dass ich es mir nicht hätte leisten können.

Ich hatte die Qual der Wahl.

Aber da ist ein Mädchen, das mir ins Auge sticht. Eine wunderschöne Brünette mit leuchtend blauen Augen und einem geheimnisvollen Lächeln. Sie ist nur zweiundzwanzig, aber ich sehe sofort, dass sie die Richtige ist.

Ich verfasse eine kurze Nachricht und klicke auf Senden.

4

„Ich verstehe es verdammt nochmal nicht wie jemand mich so schnell anstellen konnte! Ist das normal?" Ich wende meine Aufmerksamkeit vom Computerbildschirm zu Jasmine, die in der Tür steht und sehr zufrieden mit sich aussieht.

„Es ist normal für jemanden der so heiß wie du aussieht. Du solltest stolz sein. Du hast nicht mal irgendwelche Bewertungen und in weniger als einem Tag nachdem du dein Profil erstellt hast, hast du schon ein Date. Wer ist er?" Jasmine kommt zu mir, setzt sich neben mich und schaut über meine Schulter auf den Mann, der mich gebeten hat mit ihm später eine Party zu besuchen.

„Sein Name ist Rex Jordan. Ich kenne das Gesicht von irgendwoher, aber ich weiß nicht von woher.

Kennst du ihn?" Ich sehe sie an und sie schüttelt ihren Kopf.

„Der Name kommt mir bekannt vor, aber das ist auch schon alles. Das wichtigste ist, dass er offensichtlich Geld hat, was du ja momentan brauchst." Sie steht auf und zwinkert mir zu und schlürft an ihrem Kaffee.

„Aber was tue ich jetzt? Sage ich ihm das ich keinen Sex will?" Ich sehe erneut nervös auf sein Profil. Ein Teil von mir sträubt sich zu glauben, dass ein reicher, gut aussehender Mann, wie der auf dem Bild, mit mir ausgehen will, und ein andere Teil von mir will das Ganze so schnell wie möglich absagen.

„Nein. Es besteht kein Grund darauf einzugehen bevor du nicht tatsächlich mit ihm gesprochen hast. Sende ihm einfach eine Nachricht zurück und lass ihn wissen, dass du frei bist heute Abend und dann könnt ihr zwei euch verabreden wo ihr euch trifft. Du willst nicht das er hierher kommt. Sage niemals irgendjemanden wo du wohnst." Sie läuft in der Wohnung umher als sei das alles das normalste der Welt, doch mein Herz klopft wild in meiner Brust.

„Was sage ich ihm denn dann?", frage ich.

„Finde etwas neutrales. Triff dich mit ihm auf dem Parkplatz des kleinen Lebensmittelgeschäfts an der Ecke. Das ist weit genug von hier weg das du dir keine

Sorgen machen musst, dass dir jemand folgt aber gleichzeitig musst du auch nicht meilenweit laufen in deinem Outfit." Sie lacht und ich springe in plötzlicher Panik auf.

„Ich habe nichts anzuziehen! Ich habe nicht gedacht das ich so schnell jemanden finden würde, was zur Hölle soll ich tun?" Meine Panik wird größer und sie hält ihre Hände hoch.

„Was habe ich dir denn schon gesagt? Du kannst eines meiner Kleider benutzen. Ich habe dir das Silberne gebracht, aber du hast es nie anprobiert." Sie zeigt auf das Kleid, das über der Stuhllehne hängt und ich seufze.

Es sieht wie etwas aus, das sie auf Arbeit tragen würde und nicht wie etwas, das ich bei meiner ersten Verabredung tragen würde. Ich weise sie darauf hin und sie lacht.

„Das ist keine erste Verabredung, meine Liebe, das ist ein Job als Begleiterin. Du wirst ihn nie wieder sehen falls das die einzige Nacht ist die du in dem Geschäft arbeitest, und du wirst mit einer Menge Bargeld in deiner Tasche davongehen. Vertrau mir, du willst so sexy wie nur möglich aussehen." Sie schüttelt ihren Kopf über meine naive Einstellung und ich würde am liebsten heulen.

„Und was, wenn er mich wiedererkennt? Was wenn wir uns auf der Straße wieder begegnen und er weiß, dass ich es bin?" In meiner Vorstellung sehe ich alles mögliche was schief gehen könnte, doch sie schüttelt nur wieder ihren Kopf als ob es das einfachste der Welt wäre.

„Ich habe dir schon gesagt, du wirst eine Perücke tragen!" Sie deutet auf ihre Vitrine, die all die Perücken enthält, die sie auf Arbeit trägt. Ich kann mir nicht vorstellen so ein Leben wie sie zu führen, aber ich sehe wie sie sich schützt. Ich beruhige mich etwas und Jasmin öffnet die Glastür der Vitrine.

„Wann holt er dich ab?", fragt sie.

„Er sagt die Party ist um sechs Uhr", erwidere ich und schau wieder auf den Computerbildschirm vor mir. Sie wirft der Uhr über ihre Schulter hinweg einen Blick zu und wendet sich dann wieder zu den Perücken.

„Ich denke wir sollten etwas einfaches und klassisches auswählen. Ich helfe dir bei deinem Make-Up und den Haaren und dein Job ist es heute Nacht einfach ruhig zu bleiben. Sogar wenn du ihn fickst, solltest du nicht so wild werden das die Perücke herunterfällt." Sie wuschelt durch die Haare und ich lache.

„Das letzte was heute Nacht passieren wird, ist das ich ihn ficken werde. Ich kenne diesen Menschen ja nicht einmal! Ich würde mich gar nicht wohl dabei fühlen Sex mit ihm zu haben." Ich schüttele energisch meinen Kopf, aber sie lacht. Ich krümme mich innerlich, da ich weiß, dass sie des öfteren Männer mit nach Hause bringt. Sex ist nur ein Spiel für sie und ich wünschte, ich hätte dasselbe Selbstvertrauen.

„Du weißt niemals was passieren wird. Vielleicht triffst du ihn und es haut dich glatt von den Füßen." Meine Bemerkung scheint ihr nichts auszumachen und ich entspanne mich.

Abgesehen von ihrem weiß ich, dass ihre Vorhersage für die Nacht nicht einmal annähernd möglich ist. Ich habe nur wenig sexuelle Erfahrung und es war immer mit Männern, mit denen ich vorher viel Zeit verbracht hatte, bevor ich mit ihnen geschlafen habe.

Ich war noch niemals ein Mädchen, das gleich Sex am ersten Abend hat und ich kann mir beim besten Willen nicht vorstellen, dass ich mit dem Kerl, für den ich mich hier vorbereite, Sex haben könnte. Ich weiß allerdings immer noch nicht, wie ich es anstellen soll einfach nur mit ihm auszugehen. So heiß wie er ist werde ich mich wahrscheinlich seltsam verhalten und ich kann mich glücklich schätzen wenn ich es überhaupt bis zur Party schaffe.

„Komm schon! Du hast nur ein paar Stunden bevor es los geht! Ich kann dich zu dem Parkplatz fahren, wenn du willst, aber du brauchst immer noch etwas Zeit um deine Haare und dein Make-Up fertig zu machen." Jasmine holt mich wieder in die Gegenwart zurück und mein Herz schlägt in meiner Kehle. Ich weiß, dass sie recht hat, aber irgendwie bin ich wie anwurzelt.

„Sag ihm einfach das du ihn um 5:45 triffst. Das wird okay für ihn sein, vertrau mir." Jasmine fährt mit ihren Fingern durch eine der Perücken und sieht mich bei ihren Worten nicht an.

Ich seufze und tippe die Nachricht. Ich habe keine andere Wahl als auf sie zu hören. Sie weiß es besser als ich und ich vertraue darauf, dass sie alles tun wird damit ich das alles schaffe.

NACHDEM ICH AUF senden geklickt habe lasse ich den Computer noch offen. Ich will sofort wissen wenn er antwortet, aber Jasmine zieht mich vom Bildschirm weg in ihr Schlafzimmer.

„Das erste was du jetzt tust ist dieses Kleid anziehen. Dann sehen wir was wir mit deinen Titten anstellen." Sie geht zum Schrank.

„Meine Titten?", frage ich.

„Hoffentlich brauchst du keinen BH, aber deine Titten sind größer als meine und wir wollen nicht riskieren, dass sie herausfallen." Sie lacht als ich in das Kleid schlüpfe.

Ihre Worte ergeben keinen Sinn bis ich mir den

Stoff über den Kopf ziehe und sehe wie tief der Ausschnitt ist. Ich schnappe nach Luft als ich nach unten schaue. Er reicht bis fast an meinen Nabel und meine Brüste sind weitgehend freigelegt.

„Oh, ich glaube das geht so", sagt Jasmine erleichtert. Ich finde das nicht aber bevor ich noch eine Chance habe etwas zu erwidern, klingelt mein Telefon.

„Du hast ihm nicht deine Nummer gegeben oder?", fragt Jasmine und ich schüttle meinen Kopf – ich mag ja naiv sein, aber so dumm dann doch wieder nicht.

„Es ist die Kindermädchenvermittlung!", sage ich erfreut.

„Geh ran!", erwidert Jasmine lachend.

Ich wäre viel lieber ein Kindermädchen als eine Begleiterin und wenn es eine Chance gibt aus der Verabredung heute Abend herauszukommen, dann werde ich sie ergreifen.

„Hallo?", sage ich.

„Ja, Miss Bailey?", sagt die Stimme am Telefon.

„Ja, das bin ich", erwidere ich aufgeregt.

„Ich habe gute Neuigkeiten. Sie haben jemanden, der sie morgen gern kennenlernen würde", sagt mir die Frau. Die Erleichterung die mich durchströmt macht mich so glücklich, dass ich fast weine.

„Wirklich? Das sind großartige Neuigkeiten! Um

welche Uhrzeit?", frage ich. Ich will nicht zu überschwänglich klingen, aber das sind die besten Neuigkeiten die ich seit Jahrhunderten gehört habe.

„Früh. Er ist ein alleinerziehender Vater. Er will wissen, ob er Sie gegen acht treffen kann?", fragt sie.

„Auf jeden Fall, danke!", sage ich und gebe mir keine Mühe mehr die Aufregung in meiner Stimme zu unterdrücken.

„Denken Sie daran, dass das erst mal nur ein Vorstellungsgespräch ist", erinnert mich die Frau. Ich versichere ihr, dass ich mir dessen bewusst bin und lege auf und brenne darauf Jasmine mitzuteilen, dass ich nicht zu der Verabredung heute Abend gehen werde.

„Was? Oh nein, natürlich wirst du das!", gibt sie zurück, als ich ihr sage das ich absagen werde.

„Aber ich muss gar nicht mehr gehen. Ich habe morgen ein Vorstellungsgespräch!", argumentiere ich.

„Und was wenn du den Job nicht bekommst?", fragt sie einfach.

Ich zögere. Ich will noch weiter mit ihr diskutieren aber ich weiß, dass sie recht hat. Wenn ich den Job nicht bekomme und heute Abend nicht ausgehe, dann wird sich nichts ändern. Auch wenn ich nicht ausgehen will, wird der Mann mich zumindest bezahlen, bar, bevor die Nacht vorüber ist.

„Wenn du es richtig machst dann wird es das einzige mal sein, dass du das hier tun musst. Ich weiß wie sehr du dir deinen Kopf über Geld zerbrichst und du solltest lieber auf Nummer sicher gehen", gibt mir Jasmine zu denken.

Ich weiß, dass sie recht hat und ich ergebe mich der Tatsache, dass ich heute Abend zu dieser Verabredung gehen werde.

„Aber es wird nur dieses eine mal sein", informiere ich sie energisch als sie anfängt meine Haare unter ein Haarnetz zu stecken. Sie hat eine einfache blonde Perücke ausgesucht um meine brünetten Locken zu verstecken. Ich war noch niemals der Meinung das mir blonde Haare stehen, aber ich weiß, dass sie lediglich so gut es geht versucht meine Identität zu verbergen, und das sie weiß was sie tut.

Ich bin ein Versuchskaninchen und sie ist das Genie. Sie lächelt und kichert sadistisch.

„Abwarten."

5

Ich warte ungeduldig im Auto und schaue alle paar Minuten auf meine Uhr. Ich vertraue darauf das sie pünktlich sein wird, aber ich muss zugeben, dass ich mich nicht so wohl dabei fühle eine Frau auf einem Parkplatz zu treffen. Sie so abzuholen lässt es irgendwie nach Prostitution aussehen – und danach suche ich heute Nacht absolut nicht. Aber ich habe so was noch niemals gemacht und habe deshalb keine Ahnung wie das normalerweise verläuft.

Endlich hält ein anderes Auto und eine wunderschöne Frau steigt aus. Ich muss zweimal hinschauen und bin vollkommen von der Frau fasziniert, die auf mein Auto zukommt. Sie ist jung, schön, kurvig und hat die tollsten blauen Augen die ich jemals gesehen habe. Ihre Haare sind lang und blond und ihr roter

Lippenstift hat sofort meine Aufmerksamkeit – und hält diese auch.

„Sind sie Mr. Jordan?", fragt sie als sie bei der Tür ankommt. Ich nicke.

„Maddison Goodson", sagt sie lächelnd. Mir fällt auf das sie nervös zu sein scheint, aber sie hat etwas bestimmtes an sich. Ich hatte schon immer eine schwäche für selbstbewusste Frauen. „Darf ich?"

Sie deutet auf die Tür und ich nicke und öffne ihr die Tür, damit sie einsteigen kann.

„Schön Sie kennenzulernen", sagt sie und ich nicke noch einmal. Ich hatte eigentlich nicht vor eine lange Unterhaltung mit meiner Verabredung heute Abend zu führen, aber sie hat etwas an sich, was mich zu der Überzeugung bringt, dass das ein alberner Plan gewesen ist.

„Schön dich kennenzulernen. Stammst du von hier?", frage ich. Ich weiß nicht so richtig was ich sagen soll und will auf keinen Fall neugierig erscheinen, aber ich möchte das sie sich entspannt und ich möchte sie außerdem besser kennenlernen.

„Nein. Ich bin erst vor kurzem hier her gezogen. Aber bisher gefällt es mir." Sie lächelt während sie spricht und erneut bin ich von ihrer Schönheit beeindruckt.

„Woher kommst du denn ursprünglich?", frage ich vorsichtig. Ich bin überrascht, dass sie schon bei der ersten Frage so viel von sich Preis gibt und bin angenehm überrascht das wir uns während der Fahrt ganz entspannt unterhalten. Sie erzählt mir mehr von ihrem Umzug, von ihren Lieblingsorten in der Stadt und über ihre Hobbies. Mir fällt auf, dass sie mir nichts anderes erzählt als Dinge, die sie jedem erzählen würde, aber ich hatte diese Offenheit trotzdem nicht erwartet. Abgesehen von den belanglosen Themen fühlt sich unser Gespräch sehr natürlich an.

„So, jetzt wo ich dir meine Lebensgeschichte erzählt habe, erzählst du mir jetzt deine?", neckt sie mich mit einem leichten Grinsen auf ihren schönen Lippen und wendet mir ihr Gesicht zu.

„Hmm, zuerst musst du mich zum Essen einladen", necke ich sie und bin selber überrascht wie viel Spaß mir das macht.

Ich hätte nicht gedacht, dass ich das so sehr genießen würde – ich dachte jemanden online zu engagieren wäre nur eine weitere Notwendigkeit um mich der Meute anzupassen. Aber sie hat etwas elektrisierendes an sich und ich fühle mich ihr auf irgendeine Art verbunden. Viel zu schnell kommen wir am Restaurant des Hotels an und ich bereue das ich mich jetzt unter meine Kollegen mischen muss.

. . .

„Ich war hier noch nie", sagt sie las wir aussteigen.

„Du wirst es lieben", sage ich ihr mit mehr Selbstvertrauen als ich es haben sollte.

Ich weiß nicht warum, aber ich habe das Gefühl, dass sie es tatsächlich genießen wird. Sie lächelt als sie ihre Hand auf meinen Arm legt und ein Schauer durchfährt mich. Zum ersten mal seit langer Zeit habe ich das Bedürfnis zu ficken.

Ich will diesem Mädchen zeigen was ich kann. Ich will wissen wie sie aussieht wenn sie keucht und stöhnt und ich will wissen wie es ist, tief in ihr zu sein.

Ich zwinge mich dazu meine Aufmerksamkeit auf andere Dinge zu lenken als Brody mit ein paar Drinks auf uns zukommt.

„Hey! Du hast es geschafft und guter Gott!" Er sieht Maddison an und sie lächelt.

„Hallo", sagt sie.

„Was machen Sie mit so jemanden wie ihm?", fragt Brody und macht keine Anstalten ihre Begrüßung zu erwidern.

„Schon gut, schon gut. Du hast gesagt ich soll jemanden mitbringen und das habe ich gemacht", unterbreche ich ihn.

Wir drücken uns an ihm vorbei und sie lacht, wobei sie noch einen Blick über ihre Schulter wirft. Ich sehe das sie nervös ist, aber irgendwie strahlt sie auch eine Gelassenheit aus die den Eindruck vermittelt das sie noch niemals wegen etwas nervös war.

„S IEH DIR DAS AN!", sagt sie plötzlich und ich sehe mich überrascht um.

„Was?"

„Die Kunst!" Da sind dutzende von schwarzweiß Fotografien an der Wand und ich bin überrascht das sie die Bilder überhaupt wahrnimmt.

„Ja? Magst du sie?", frage ich. Sie nickt und ich sehe das sie tatsächlich an ihnen interessiert ist.

Ihr Interesse steigert sich und ich bin mit jeder Minute mehr von ihr fasziniert. Der Kellner unterbricht uns und bringt uns an den Tisch, aber sie ist offensichtlich immer noch mit der Kunst an den Wänden beschäftigt.

Als wir näher zum Tisch kommen und uns von den Bildern entfernen dreht sie sich wieder zu mir um. „Sollte ich weitere solche Reaktionen auch von dem Rest deiner Freunde erwarten?" Sie deutet mit dem Kopf zum Eingang des Restaurants und stellt damit klar, dass sie sich auf Brady bezieht.

Ich lache beschämt auf. „Ich wünschte ich könnte das verneinen, aber in dieser Menge ist es sehr wahrscheinlich." Ich lächle dümmlich, fast entschuldigend.

Solche Gefühle jemand anderem gegenüber sind für mich ungewohnt.

„Ich gehe davon aus, dass du nicht einer von diesen reichen, dämlichen Playboys bist, der jeden Abend eine andere Frau am Arm hat?", fragt sie als wir den Raum mit meinen Kollegen betreten. „Ich muss zugeben das ich erleichtert bin, ich mag diese Art von Männern nämlich nicht."

Bevor ich noch etwas erwidern kann fällt ihr Blick auf die anderen. Sie zuckt zusammen und holt tief Luft während ihr wohl klar wird, dass ihre kleine Neckerei den Nagel bei vielen dieser Männer hier wohl zu sehr auf den Kopf getroffen hat.

„Es tut mir leid, ich wollte niemanden beleidigen -", sie unterbricht sich selber, schließt ihre Augen und holt tief Luft bevor sie fortfährt. „Ich bin ... neu bei all dem... und ich bin etwas nervös. Aber ich glaube es zeugt nicht von guten Manieren wenn man die Freunde von jemandem schon am ersten Abend beleidigt...." Sie sieht mich unsicher an und beißt sich auf die Lippe. Sie sieht so verdammt süß aus.

Ich greife nach ihrer Hand und lege sie wieder auf meinen Arm, während wir mitten im Raum stehenblieben. Erneut läuft mir dieser Schauer über den Rücken und ich starre sie einige Sekunden lang an. Sie sieht das erste mal an diesem Abend verletzlich aus und einige lang vergessene Beschützerinstinkte werden in mir wach. Ich beuge mich dicht an ihr Ohr und atme ihren verführerischen Duft tief ein.

„Du machst das großartig", flüstere ich damit nur sie es hört. Ich richte mich wieder auf und sehe ihr tief in die Augen.

Wir befinden uns in einem Raum voller Menschen, aber es ist als wären wir allein. Ich fühle wie sich plötzlich etwas zwischen uns verändert – wir sind nicht mehr länger zwei Fremde die sich gegenseitig beeindrucken müssen. Wir sind jetzt ein Team – wir zwei gegen den Rest dieser Geier, die sie zu recht vor ein paar Minuten beleidigt hatte.

Sie sieht mich noch ein paar Augenblicke lang an und nickt dann. Sie wappnet sich, holt noch einmal tief Luft und wendet ihren Blick dann den Investoren zu, zu denen wir uns gleich gesellen werden.

Jedes Mal wenn sie mich ansieht kribbelt es überall und ich will diese Frau unbedingt besser kennenlernen. Ich fühle mich ihr auf eine Art verbunden, von der ich nicht gedacht hätte, dass es noch einmal passieren würde, und schon gar nicht bei einer Frau die ich gerade erst kennengelernt habe. Es scheint ihr mit mir genauso zu gehen und ich will ganz sicher gehen, dass sie heute Abend viel Spaß hat. Und je mehr Zeit wir miteinander verbringen, um so stärker wird das Verlangen in ihr zu sein.

Ich sehe wie meine Kollegen und die anderen Investoren von Zeit zu Zeit zu uns schauen und denke mir, jetzt oder nie. Ich lege ihr meinen Arm um die Taille und wir begeben uns tiefer in den Raum.

Ich stelle sie allen vor aber ihre neugierigen Blicke verfolgen uns die ganze Nacht. Es ist mir wirklich egal, dass sie starren oder was sie denken. Für mich ist es wie eine richtige Verabredung mit dieser Frau und es ist die beste Verabredung die ich seit langer Zeit hatte - oder vielleicht die beste überhaupt.

Da ist etwas elektrisierendes zwischen uns und ich weiß, dass ich ihr alles zeigen muss wozu ich fähig bin, bevor die Nacht vorbei ist. Nach dem Essen trinken wir eine Flasche Champagner zusammen mit den Leuten am Tisch neben uns, aber unser Gespräch dreht sich nur um uns selber.

Maddison sieht sich im Raum um und ihre Augen funkeln. Ich frage mich, ob sie schon jemals an einem so tollen Ort wie dem hier gewesen ist und greife einer plötzlichen Eingebung folgend nach meiner Geldbörse. Sie fasziniert mich dermaßen - mit ihrer Schönheit und ihrem Charme – dass ich das Bedürfnis habe ihr etwas zu schenken. Es ist mir egal, dass ich sie vermutlich nie wieder sehen werde, ich will ihr etwas geben, was sie an mich erinnert, denn ich weiß, dass ich sie so schnell nicht wieder vergessen werde.

„Was ist das?", fragt sie als ich ein Armband

hervorziehe. Es ist etwas, das ich vor Jahren für meine Frau gekauft habe. Ein Armband das sie niemals wirklich mochte, aber ich liebe es. Ich habe es in meinen Geldbeutel gelegt kurz nachdem sie gestorben ist, und trage es immer bei mir. Mit den Jahren wurde es zu einem weiteren Ding, das ich mit mir herumtrage und es hat bei weitem nicht einen solchen sentimentalen Wert, wie andere Erinnerungsstücke aus unserem gemeinsamen Leben.

Aber Maddison hat etwas so warmes und magisches an sich, dass ich weiß, dass meine Frau zugestimmt hätte ihr etwas zu geben, um ihr zu zeigen, wie viel mir unsere gemeinsame Nacht bedeutet.

„Sieh es als... Trinkgeld." Ich krümme mich innerlich. Das war mit Sicherheit nicht das Netteste was man sagen kann, aber ich fahre fort. „Ich bin wirklich froh, dass du mich heute Nacht hierher begleitet hast. Ich dachte der Abend würde unerträglich werden – ich hasse diese öffentlichen Veranstaltungen – aber ich hatte eine tolle Zeit", sage ich.

Sie hält mir ihren Arm hin und ich lege ihr das Armband um und kurzzeitig kommt mir der Gedanke, dass es ihr viel besser steht als meiner Frau. Maddison sieht etwas überwältigt aus, mit staunenden Augen, und ich kann mich nicht mehr länger zusammenreißen.

„Komm mit mir." Ich lege meine Hand über ihre

Finger und erneut kribbelt es überall. „Lass uns für einen Moment verschwinden", sage ich zwinkernd. Sie sieht mich kurz an und ich kann sehen, dass sie weiß was ich will.

Sie wird leuchtend rot aber sie steht lächelnd auf.

Ich sehe das sie mich genauso sehr will wie ich sie.

Mein Herz schlägt heftig in meiner Brust als ich Rex zur Toilette folge. Ich muss zugeben, dass er in der Realität noch besser aussieht als online. Er ist groß, dunkel, gut aussehend und muskulös. Er hat leuchtend grüne Augen und einen kräftigen Kiefer und ich kann seine Muskeln sehen, die sich durch das enganliegende Shirt abzeichnen.

ER IST den ganzen Abend lang schon so unglaublich nett und es hat mir die Sprache verschlagen als er dieses Armband an meinem Handgelenk befestigt hat. Ich atme tief durch als ich ihm jetzt folge und versuche die Röte in meinem Gesicht zu bezwingen.

Die Anziehungskraft zwischen uns ist unleugbar und ich gebe frei zu, dass Funken geflogen sind. Ich habe mich noch niemals so schnell zu jemanden hingezogen gefühlt und wenn unser Treffen unter anderen Umständen gewesen wäre, dann würde ich fast denken das wir füreinander geschaffen sind.

Ich frage mich unwillkürlich was Rex von dem

Abend bisher hält und wünschte ich könnte seine Gedanken lesen. Er geht mit einem sicheren, festen Schritt und ich muss mich beeilen um ihm zu folgen. Ich versuche mich angestrengt auf den Boden zu konzentrieren und so zu laufen, wie Jasmine es mir gezeigt hat, damit mein Körper in diesen Absätzen gut zur Geltung kommt.

Das letzte was ich will ist hinzufallen, besonders nicht vor allen Augen. Ich richte meine Augen auf seinen Rücken und will gar nicht wissen ob uns irgendjemand beobachtet. Ich habe keine Ahnung ob uns irgendjemand im Raum überhaupt seine Aufmerksamkeit schenkt. Ich will das Funkeln in den Augen dieser Aasgeier nicht sehen, falls sie wissen sollten was wir vorhaben. Ich habe von ihren unangenehmen Blicken genug für heute Abend.

Wenn ich ehrlich bin dann weiß ich gar nicht einmal mit Sicherheit was er eigentlich vorhat. Seit ich Rex getroffen habe, hat er das Kommando gehabt und das weiß er auch.

WAS ICH NICHT VERSTEHE IST, warum ich ihm so vollends vertraue und warum ich mich bei ihm so sicher fühle. Ich habe nichts von dem, was er heute Abend getan hat, in Frage gestellt und ich war noch nie jemand gewesen, der einem Mann einfach blind folgt. Aber aus irgendeinem Grund ist das bei ihm anders.

Sobald sich die Tür hinter uns geschlossen hat ist er über mir, sein Körper verführerisch von hinten an meinen gepresst. Ich kann seine Erregung durch seine Anzughose spüren und seine Hände sind sofort auf meinen ganzen Körper, um ihn zu erforschen. Er fährt langsam von meiner Taille nach oben zu meinen Brüsten, verweilt dort kurz und fährt dann wieder nach unten.

Ich lege meine Hände um seinen Nacken, schaue über meine Schulter und presse meine Lippen auf seine. Ich habe nicht viel sexuelle Erfahrung, aber ich weiß wie man küsst. Meine Lippen öffnen sich leicht und ich fahre sanft mit meiner Zungenspitze über seine Lippen.

Er presst mich fest an sich und erwidert meinen Kuss mit wachsender Leidenschaft. Ein tiefes Bedürfnis erwacht in mir und auch wenn ich keine Unterwäsche trage – Jasmines Anweisung – spüre ich, wie feucht ich bin. Da ist ein Verlangen in mir, das anders ist als alles, was ich bisher in meinem Leben gefühlt habe. Ich hatte schon Sex, aber ich habe mich noch nie zu jemanden so sehr hingezogen gefühlt.

Zum ersten mal heute Abend bin ich froh darüber wie Jasmine mich angezogen hat. Er muss mein kurzes

Kleid nicht sehr weit hochziehen und er reibt mit der Hand zwischen meinen Beinen, während er mich küsst. Ich frage mich ob er merkt wie nass ich schon bin und was er davon hält.

Mir schiessen ein paar unschöne Gedanken durch den Kopf, aber ich habe keine Zeit um kurz innezuhalten und darüber nachzudenken, wie ich das normalerweise tue wenn ich mir Sorgen mache. Wir sind jetzt dabei und ich weiß, dass es kein Zurück gibt. Mein Hirn hat für den Moment die Kontrolle verloren - und mein Körper will ihn jetzt und sofort.

Ich höre wie jemand an der Tür rüttelt und versteife mich sofort, aber derjenige gibt schnell auf und verschwindet.

„Keine Angst, ich habe abgeschlossen", flüstert er verführerisch dicht an meinem Ohr. Ich entspanne mich und keuche auf, als er plötzlich zwei Finger in mich schiebt. Es ist Jahre her seit das jemand bei mir gemacht hat und die Erregung überflutet mich.

„Oh Gott, du bist so eng!", keucht er.

Ich stöhne lustvoll als er seine Finger in mir vor und zurück bewegt und ich spüre, wie sich die Anspannung meiner Muschi auf meinen ganzen Körper überträgt. Er zieht seine Finger heraus und ich drehe mich um, öffne seinen Gürtel und seine Hose so schnell ich kann. Als beides offen ist, schiebe ich seine Hose nach unten und hole seinen massiven Schwanz hervor.

Er ist schon steinhart und ich lasse mich auf die Knie fallen und ziehe seine Boxershorts nach unten mit mir. Ich nehme seinen Schwanz in meinen Mund, benutze meine Zunge um ihn erst in seiner ganzen Länge und dann nur die Spitze zu massieren, während meine Lippen um seine Spitze geschlossen sind. Ich bin dazu entschlossen ihm den besten Blowjob seines Lebens zu geben.

Er schaudert und stöhnt lustvoll, greift mit den Händen in meine Haare und krallt sich fest. Ich bewege meinen Kopf vor und zurück, sauge und lasse meine Zunge um seinen Schwanz kreisen als er plötzlich seinen Griff verstärkt und meinen Kopf nach hinten zieht.

ICH SCHREIE ÜBERRASCHT auf und spüre einen leichten Schmerz, als die Perücke an den Nadeln zieht, die sie an meinem Kopf festhalten. Aber das ganze ist auch unheimlich erotisch. Im nächsten Augenblick zieht er mich auf meine Füße, drückt mich an die Wand, küsst mich und fährt mit seinen Händen über meinen ganzen Körper. Ich lege meine Hände auf seine Schultern und springe, schlinge meine Beine um seinen Körper.

Er greift nach unten und drückt seinen Schwanz an meine Pussy bevor er sich nach vorn lehnt und mich an der Wand festhält. Meine Beine werden immer weiter gespreizt als er seinen Schwanz in mich versenkt und ich stöhne und lehne meinen Kopf nach hinten an die Wand. Er hält mich fest in seinen Armen und stößt seine Schwanz so weit in mich wie er kann, bevor er ihn langsam wieder herauszieht.

Mit jedem Stoß fühlt es sich an, als würde er mich etwas mehr ausfüllen und teile von mir erreichen, die noch niemals jemand vor ihm berührt hat. Ich fühle mich wie berauscht von ihm. Unser Atem kommt tief und ich sehne mich mehr als jemals zuvor nach ihm, auch wenn er bereits in mir ist. Er stößt jetzt schneller zu, zieht seinen Schwanz heraus und versenkt in wieder in mir, mein Körper hebt und senkt sich an der Wand mit jedem Stoß.

Ich weiß nicht, was passiert aber die Anspannung zwischen meinen Beinen nimmt immer mehr zu. Ich fühle mich wie an der Grenze von etwas unglaublich Schönem und mit jeder Sekunde bringt er mich näher und näher an den Rand. Ich kann kaum noch atmen, mein Körper reagiert so heftig. Ich schlinge meine

Arme um ihn, drücke meine Hüften so fest ich kann an ihn und nutze die Wand dabei als Hebel.

Meine Anspannung steigert sich während er weiter in mich stößt und meine Atmung beschleunigt sich. Rex hält mich mit einem Arm an der Wand und greift mit der anderen wieder in meine Haare. Er zieht erneut fest daran und ich bin erstaunt, dass die Perücke nicht herunterfällt. Ich danke Jasmine im Stillen dafür, dass sie sie so gut befestigt hat wie sie konnte.

Der Schmerz auf meinem Kopf lässt die Lust nur noch weiter anwachsen und ich schreie erneut auf. Er legt mir seine Hand über den Mund und dämpft die Geräusche, die ich von mir gebe. Ein Teil von mir schämt sich das ich so laut bin, aber ein anderer Teil will sich einfach hingeben. Die Art wie er sich auf und in mir bewegt ist intensiver als alles, was ich in meinem bisherigen Leben gefühlt habe.

Ich mag die heftige Art mit der er mich nimmt und etwas in mir will ihm noch mehr Lust bereiten. Aber ich weiß nicht, wie ich das tun soll. Ich weiß nicht, was ich tun soll, oder wie ich ihm noch mehr Lust bereiten kann. Zur selben Zeit spüre ich, dass er die Macht die er über mich hat, genießt. Er scheint es sehr zu mögen wenn er die Kontrolle hat und er hat die Kontrolle über meinen gesamten Körper - und er wird tun was er will.

Plötzlich fühle ich eine Explosion tief in mir und Welle um Welle aus purer Lust rast durch meinen Körper. Es passiert so schnell dass es sich anfühlt als würde ich fallen, doch gleichzeitig fühlt sich jede Welle so an, als würde sie ewig dauern. Mein Atem stockt für einen Moment und dann keuche ich, schnappe nach Luft und gewinne ganz langsam die Kontrolle über mich zurück.

Plötzlich wird mir klar, dass ich gerade meinen ersten Orgasmus hatte.

Ich hatte Rex grunzen gehört als ich gekommen bin und jetzt, als ich wieder bei mir bin, stößt er fester und schneller zu als zuvor. Auch wenn ich bereits gekommen bin fühlt es sich immer noch himmlisch an ihn in mir zuhaben. Ich will ihn dort so lange wie möglich haben und wünsche mir insgeheim, dass dieser Moment niemals vorbeigeht.

Plötzlich drückt er sich tief in mich, presst mich stöhnend an die Wand. Ich spüre wie sich sein Schwanz in mir leert, pulsierend und wild zuckend. Wir beide atmen immer noch sehr schwer und er steht vor mir und hält mich an die Wand gedrückt. Wir verharren ein paar Sekunden lang in dieser Stellung bevor er sich aus mir zurückzieht und mich auf den Boden stellt.

Ich versuche das Gefühl der Leere zu ignorieren, das mich überkommt als er nicht mehr in mir ist, und ich lächle.

„Das war unglaublich", sage ich so cool wie nur möglich. Er denkt wahrscheinlich das ich so was ständig tue, aber das ist nicht wahr. Ich hätte das auch nicht mit jedem getan und ich hätte ihn gern wieder in mir, damit er mich auf jede erdenkliche Art benutzen kann. Aber es scheint nicht richtig zu sein das laut auszusprechen.

Zu meiner Überraschung nickt er kaum merklich als er seine Sachen wieder richtet.

„Wollen wir?", fragt er und wir gehen zur Tür. Plötzlich wird mir klar, dass wir die einzigen zwei Personen auf der Toilette sind und sobald wir nach draußen kommen, werden alle sehen das wir zusammen dort drin waren.

„Soll ich warten?", frage ich nervös.

„Auf was?", erwidert er und sieht mich mit erhobenen Augenbrauen an.

„Ich meine, du weißt schon. Werden sie sich nicht fragen was wir zusammen hier drin getan haben?", frage ich. Ich will nicht, dass ihn das in eine unangenehme Situation bringt, besonders nicht vor den Leuten die er eigentlich beeindrucken will. Er sieht mich an als ob ich gerade das Dümmste gesagt habe was er je gehört hat und dann schüttelt er seinen Kopf.

„Es ist mir vollkommen egal was sie denken. Wenn ich Sex mit dir will dann werde ich diesen auch haben. Es geht sie nichts an und sollte ihnen egal sein." Er öffnet die Tür und auch wenn ich seine Einstellung bewundere muss ich doch zugeben, dass ich unglaublich erleichtert bin als ich sehe das niemand draußen wartet.

Zusammen gehen wir zurück in den Speisesaal wo sich alle anderen befinden. Ich bin überrascht das scheinbar niemand bemerkt hat das wir verschwunden waren. Rex mischt sich sofort wieder unter die Leute und ich lege meine Hand auf seinen Arm und nehme den Platz an seiner Seite ein.

Ich erinnere mich daran das ich heute Nacht nur mit ihm ausgehe und da nicht mehr ist. Ich werde dafür bezahlt das ich hübsch neben ihm aussehe. Was auf der Toilette passiert ist tut dabei nichts zur Sache. Es hat Spaß gemacht, wird aber zu nichts Weiterem führen und hat auch ganz sicher nichts zu bedeuten.

Ich werfe einen Blick auf die Uhr und frage mich plötzlich wie lange wir wohl noch auf dieser Party sein werden. Für einen kurzen Moment komme ich mir wie ein kleines Schulmädchen vor, das am Ende der Nacht noch nicht nach Hause gehen will. Ich fühle mich wie eine Prinzessin und ich will, das diese Nacht so lange wie möglich dauert.

Zum ersten mal in meinem Leben frage ich mich,

ob Jasmine das, was sie tut genau aus diesem Grund so gern macht. Wenn alle ihre Nächte so sind dann kann ich sie gut verstehen.

Ich fühle mich als würde mir die Welt zu Füssen liegen.

6

Ich öffne die Tür so leise ich kann, hoffe das Jasmine bereits im Bett ist. Ich weiß, dass sie heute nicht auf Arbeit war, aber das heißt noch lange nicht das sie auch zeitig ins Bett gegangen ist. Wahrscheinlich ist sie noch ausgegangen und hat jemanden gefunden mit dem sie das Bett teilen kann – auch ohne ihren Job.

Erleichtert stelle ich fest das alles dunkel und still ist. Wenn sie jemanden bei sich im Zimmer hat, dann schlafen beide. Ich benutze das Licht an meinem Handy um in dem dunklen Zimmer etwas zu sehen und meinen Weg zur Couch zu finden.

Ich habe meine Schuhe bereits draußen auf der Treppe ausgezogen, da ich es nicht mehr abwarten konnte sie endlich los zu sein. Als ich jetzt verzweifelt versuche den Reißverschluss hinten an meinem Kleid zu erreichen, wünsche ich mir das Jasmine hier bei mir im Wohnzimmer wäre, um mir zu helfen. Es ist zu lange her das ich ein Kleid getragen habe, und noch dazu eines, bei dem man Hilfe braucht um hinein und wieder heraus zu kommen. Ich fühle mich albern dabei so herumzuhüpfen und dabei so leise wie möglich zu sein.

Ich stoße an einen der Tische und er schnarrt über den Boden und ich zucke zusammen. Ich erstarre, halte den Atem an und lausche, aber immer noch ist alles still und ich atme erleichtert auf. Es ist schon schwierig genug so lange schon bei Jasmine zu wohnen und ich will sie auf keinen Fall aufwecken wenn ich schon so spät in der Nacht von einer Verabredung nach Hause komme.

ENDLICH SCHAFFE ich es das Kleid über meinen Kopf zu ziehen und lasse es auf den Boden fallen. Mir tut immer noch alles ein bisschen weh von meiner Eskapade im Badezimmer mit Rex und der Gedanke dran lässt mich lächeln. Ich schlüpfe in eines meiner Shirts, lasse mich mit einem zufriedenen Seufzer auf die Couch fallen.

Ich lasse die Bilder des Abends noch einmal an mir vorbeiziehen. Von dem Moment an dem ich ihn das erste mal gesehen habe, bis zu dem Augenblick als er mich abgesetzt hat. Ich habe mich natürlich gefragt ob es richtig ist, dass ich es ihm gestatte mich bis direkt vor die Wohnung zu fahren, aber ich habe in dieser Nacht wahrscheinlich schlimmere Fehler begangen.

Ich hatte Sex mit dem Mann. Er kennt schon mehr von mir als die meisten anderen.

Natürlich habe ich es schlau angestellt als er mich nach Hause gebracht hat. Es gibt hier mehrere Wohnblocks und ich habe ihm nicht gesagt in welchem ich wohne, und ihm auch nicht die Hausnummer verraten. Bei den vielen Menschen die hier täglich ein- und ausgehen, war die Chance das er herausfinden würde in welchem ich wohne eher gering, außer natürlich wenn er anfangen würde mir ernsthaft hinterher zu spionieren.

Und Rex Jordan kam mir nicht wie der Typ Mann vor, der sich so verhalten würde.

Da gibt es einen Teil in mir der geschockt ist darüber was ich getan habe. Sicher, gab es eine bestimmte Sicherheit, schließlich wusste ich, dass ich ihn nie wieder sehen würde, aber auf der anderen Seite ist es so untypisch für mich so etwas Gewagtes zu tun. Ich hatte noch niemals Sex mit einem Mann bei der ersten Verabredung und jetzt sitze ich hier und träume von ihm.

Einen kurzen Moment lang fühle ich Bedauern und Reue das ich ihn nie wieder sehe. Es sind gemischte Gefühle. Ich weiß, dass ihn wiederzusehen – selbst wenn die Möglichkeit bestünde – wahrscheinlich keine so gute Idee wäre, aber ein kleiner Teil in mir ist todunglücklich darüber. Wie kann ich einen Mann vergessen der so wundervoll ist? So perfekt?

Er ist all das was ich bei einem Mann immer gesucht habe. Er sieht nicht nur gut aus, sondern er ist auch witzig, charmant und so selbstsicher, dass er mir damit Sicherheit und Selbstvertrauen gegeben hat.

Und er hätte alles mit mir tun können. Ich hatte den Eindruck, dass er das wusste und er keine Scheu hatte sich alles zu nehmen.

Umso mehr ich über die Nacht nachdenke, umso mehr frage ich mich was passieren würde, wenn wir noch einmal miteinander ausgehen würden – dieses mal richtig. Wie würde er mich benutzen? Würde er mich in neue Höhen emporheben? Wie würde er mir zeigen was es wirklich bedeutet jemanden zu ficken?

Diese Gedanken wirbeln mir im Kopf herum und sind so untypisch für mich. Ein Teil von mir will ihn wieder in mir und ich weiß nicht was ich dagegen tun kann.

Als ich mich auf die Seite drehe, nehme ich mir vor Jasmine am nächsten Tag deshalb zu fragen. Wenn jemand dazu in der Lage ist mir eine Antwort darauf zu geben, dann ist sie es. Sie weiß, wie es ist einen Mann nur eine Nacht lang zu haben und dann weiterzuziehen, und sie ist einer der glücklichsten Menschen, die ich kenne.

Vielleicht gibt es einen Trick bei der Sache – einen Mann zu vergessen der dir gerade die beste Zeit deines Lebens bereitet hat. Oder noch besser, vielleicht weiß sie, wie ich wieder mit Rex Jordan in Kontakt komme. Vielleicht gibt es ja eine Möglichkeit meine Fantasien mit ihm weiterzuleben ohne das ich jemals wieder auf diese Seite gehen muss.

Ich mag gar nicht darüber nachdenken, dass die einzige Art wie wir beide miteinander kommuniziert haben, über die Seite war, oder darüber, dass die einzige Möglichkeit die ich habe ihn wiederzusehen, über diese Seite ist.

Ich will auch nicht der Tatsache ins Gesicht sehen, dass ich keine Ahnung habe was Rex von dem Abend hält. Er war nett. Er hat mir das bezahlt was wir ausgemacht haben und noch ein großzügiges Trinkgeld obendrauf gelegt, und er hat mich praktisch fast vor der Haustür abgesetzt. Ganz egal wie wundervoll ich mich heute Abend gefühlt habe, für ihn war es vielleicht nicht mehr als ein weiteres Geschäft.

Ich habe keine Ahnung ob er erleichtert war, dass die Nacht vorüber ist, als er mich abgeliefert hat, oder ob er auch darauf hofft, dass wir wieder voneinander hören.

Ich schüttle meinen Kopf. Ich habe ihm nicht meinen richtigen Namen verraten. Ich habe ihm keinerlei Informationen gegeben, wo er mich erreichen kann und er mir auch nicht. Ich werde das Gefühl nicht los, dass ich einen großen Fehler damit gemacht habe.

Ich wälze mich hin und her und überzeuge mich schlussendlich davon, dass ich mit diesen Gedanken aufhören muss – diese Nacht war eine einmalige Sache, ein Märchen bei dem ich eine kurze Rolle gespielt habe, das aber von Anfang an ein Ablaufdatum hatte.

Vielleicht treffe ich nie wieder auf einen Mann der in der Lage ist mich so glücklich zu machen wie Rex Jordan, also sollte ich die Erinnerung an diesen Abend für immer in meinem Herzen verschließen. Ich will es nicht zugeben, aber ich bin froh, dass Jasmine darauf bestanden hat, dass ich die Nacht durchziehe, auch wenn ich am Anfang Angst davor hatte.

JETZT HABE ich das Geld in der Tasche und die Erinnerung an eine unglaubliche Erfahrung, wie ich sie nie im Leben für möglich gehalten hätte. Ich weiß jetzt wie es ist, unfassbar tollen und aufregenden Sex zu haben und ich weiß, dass ich eines Tages jemanden kennenlernen werde, mit dem ich dasselbe erleben kann.

Aber jetzt heißt es warten. Jetzt muss ich mich auf meine Schule und meine Karriere als Krankenschwester konzentrieren. Das ist es, was ich in meinem Leben tun will und auch wenn ich lieber davon träumen würde wie es wäre mit einem Mann wie Rex auszugehen, weiß ich doch, dass heute Abend die wahrscheinlich einzige Gelegenheit dazu gewesen ist, die ich jemals haben werde. Ich bin für diese Nacht dankbar.

Langsam gleite ich hinüber in den Schlaf während mir die letzten glücklichen Gedanken an den Abend durch den Kopf gehen. Wenn ich Glück habe, werde ich von der Nacht träumen und sie quasi noch einmal erleben. Als die Dunkelheit über mich fällt hoffe ich, dass ich wenigstens vom Sex mit ihm träume.

Auch wenn es nur heute Nacht ist.

Am nächsten Morgen wache ich von dem Geräusch der Tür auf, die sich schließt als Jasmine auf die Arbeit geht. Ich brauche einen Moment um meine Augen zu öffnen und die Ereignisse des vergangenen Abends gehen mir wieder durch den Kopf. Als ich endlich wieder in der Gegenwart ankomme, setzte ich mich auf und greife nach meinem Telefon, das auf dem Boden neben mir liegt.

„Mist!", rufe ich laut als ich aufspringe, mir meine

Jeans schnappe und im Zimmer herum springe um sie so schnell wie möglich anzuziehen. Ich muss in nicht einmal einer halben Stunde bei dem Vorstellungsgespräch erscheinen. Und ich bin gerade erst aufgewacht.

„Ich darf nicht zu spät kommen!", murmle ich als ich meine Schuhe einsammle und sie schnell anziehen. Das ist meine Eintrittskarte um mein Leben zurückzubekommen. Das darf ich nicht vermasseln. Mit dem Telefon am Ohr um mir ein Taxi zu rufen, renne ich aus der Tür.

Ich muss so schnell wie möglich zum Vorstellungsgespräch.

7

„Ich will kein neues Kindermädchen! Ich will das du bei mir zu Hause bleibst! Warum kannst du nicht zu Hause bleiben?" Brayden schlägt mit seinem Löffel auf den Tisch während er spricht, um seinen Worten mehr Ausdruck zu verleihen und ich schaue ihn so verständnisvoll an, wie ich kann.

„Ich weiß, dass du das gern möchtest, Kumpel, und ich würde bei dir zu hause bleiben wenn ich könnte. Aber du weißt, dass Daddy arbeiten muss. So verdienen wir unser Geld." Ich weiß, dass er versteht das ich einen Job habe, aber das macht es nicht leichter für ihn.

Oder für mich, in diesem Fall.

„Ich will aber nicht das du arbeiten gehst!" Er lässt sich auf den Stuhl fallen, verschränkt die Arme und schiebt die Unterlippe schmollend vor. Ich fühle mich mies das ich ihm das antue und ich hoffe, dass ich eines Tages in der Lage bin die Kindermädchen alle in den Wind zu schießen und von zu Hause aus zu arbeiten.

„Ich sage dir was, Kumpel. Du bist heute nett zu deinem Kindermädchen und wir beide machen am Wochenende irgendetwas was du gern möchtest, okay? Aber du musst lieb sein." Ich weiß, dass die Hoffnung, das er wirklich nett zu dem Kindermädchen ist, nur sehr klein ist, aber es ist einen Versuch wert, besonders weil ich gern hätte das es dieses mal funktioniert.

Ich habe keine Ahnung wie lange es dauern wird bis ich alles in der Firma so weit habe, dass ich von zu Hause aus arbeiten kann, und ich kann es nicht riskieren das zu verlieren was ich mir erschaffen habe. So schwer das auch für uns beide ist, er muss mit der Situation, so wie sie jetzt ist, fertig werden.

Ich werfe einen Blick auf meine Uhr. Ich hoffe, dass das Kindermädchen heute oder morgen anfangen kann, aber ich weiß nicht ob sie noch andere Verpflichtungen hat, um die sie sich zuerst kümmern muss. So wie es auf der Webpage aussah scheint sie nicht viele andere Kunden zu haben und ich hoffe das ist ein gutes Zeichen.

Sicher, mir ist klar, dass das bedeuten kann, dass

sie nicht sehr gut ist, aber etwas an ihrem Lächeln hat mich fasziniert. Sie sah unschuldig aus. Rein. Die Art von Frau bei der ich mich wohl fühle sie mit Brayden allein zulassen. Die Art von Frau von der ich hoffe, dass Brayden nett zu ihr ist.

„Iss dein Frühstück. Sie wird bald hier sein und ich will das du dann fertig bist." Ich lächle ihn freundlich an und bin erleichtert als er widerstandslos sein Frühstück verputzt.

Während wir zusammen am Tisch sitzen denke ich an die vergangene Nacht zurück. Seit ich Maddison nach Hause gebracht habe ist sie ständig in meinen Gedanken.

Ich bin letzte Nacht nach Hause gefahren und habe die Babysitterin im Wohnzimmer gefunden, wo sie gelesen hat während Brayden im oberen Stockwerk schlief, aber ich konnte mich kaum konzentrieren als ich sie bezahlt habe und dann ins Schlafzimmer gegangen bin. Der rationelle Teil in mir weiß, dass sie nur eine Begleiterin war und das es ein Teil ihres Jobs ist jeden Kunden das Gefühl zu vermitteln, er sei der einzige Mann in ihrem Leben, aber irgendetwas an der Art wie sie mich behandelt hat, ließ mich wirklich glauben das ich das tatsächlich war.

. . .

Ich habe keinerlei Erfahrung mit Begleitservice und bin mir unsicher wie ich den angenehmen Abend den wir verbracht haben interpretieren soll, aber ich schwöre das sie anders war, als jede andere Frau die ich seit dem Tod meiner Frau getroffen habe. Ich habe mich stärker zu ihr hingezogen gefühlt als zu jeder anderen Frau mit der ich in den vergangenen Jahren ausgegangen bin, und etwas an ihr hat mich sehr stark an meine verstorbene Frau erinnert.

Ich denke, dass wenn sie wirklich nur ihren Job getan hat, es unmöglich war, dass wir diese Anziehungskraft gespürt haben. Es musste mehr dahinterstecken. Es musste einfach.

Der einzige Weg um das herauszufinden ist sie wiederzusehen. Aber ich habe nun einmal keinen Grund sie erneut zu kontaktieren. Sicher, ich könnte sie wieder anstellen und sie zum Abendessen ausführen, oder etwas anderes in der Art, aber ich weiß nicht, ob sie damit einverstanden wäre.

Meine mangelnde Erfahrung mit einem Begleitservice macht es mit Sicherheit nicht einfacher. Ich verspüre den Drang zu meinem Computer zu gehen und ihr Profil zu suchen. Vielleicht kann ich ihr eine Nachricht schicken und sie wissen lassen, dass mir der vergangene Abend sehr gefallen hat.

War das etwas was man bei Mädchen wie ihr tat? Ich weiß es nicht, und ich kann auch niemanden fragen. Meine Investoren, auch die, die ich als meine Freunde betrachte, gehen alle davon aus, dass sie tatsächlich meine Freundin ist.

Wenn sie die Wahrheit wüssten, dann würden sie sich nur noch mehr über mich lustig machen. Ich bereite mich schon auf die ganzen Fragen vor, die sie mir mit Sicherheit stellen werden wenn ich wieder auf Arbeit erscheine und ich weiß nicht, wie ich es erklären soll, dass es zwischen uns nicht funktioniert hat. Soweit ich weiß würde niemand von den anderen auf eine solche Seite gehen, also ist die Wahrscheinlichkeit sehr gering das sie herausfinden, dass ich jemanden angestellt habe um mit mir auf die Party zu gehen.

Natürlich, wenn es ans Licht kommen würde das sie vom Begleitservice war, und sie würden mir fragen stellen, dann dürfte ich nicht lügen. Ich konnte sie aus meinem Privatleben heraushalten, hatte aber keine Möglichkeit sie wiederzusehen ohne sie über die Seite zu kontaktieren.

Mir ist klar das ich mich entscheiden muss. Ich kann mich auf nichts mehr konzentrieren. Wenn ich versuche sie erneut zu kontaktieren, dann sollte ich es besser schnell tun und hinter mich bringen. Wenn nicht, dann darf ich auch nicht länger darüber nachdenken. Es gibt weit wichtigere Dinge auf die ich mein Augenmerk richten muss, als die Frage, ob eine Frau, die ich bezahlt habe, den Abend genossen hat.

Es klingelt an der Tür, was sowohl Brayden als auch mich aufschrecken lässt. Er sieht mich kurz an und richtet seinen Blick dann wieder auf sein Müsli und ich sehe, dass er nur noch einen Löffel voll übrig hat.

„Gut gemacht. Iss das auf und stell deine Schüssel in das Waschbecken. Ich lasse die Dame herein", sage ich, stehe auf und gehe zur Tür.

Er beeilt sich denn er ist schüchtern. Er will nicht am Tisch sitzen wenn die Frau hereinkommt, und ich nehme an, dass er sich in seinem Zimmer verstecken wird bis ich ihn dazu zwinge herauszukommen und sie kennenzulernen.

Ich öffne die Tür und setze mein schönstes Lächeln auf und sehe, dass das Mädchen erst überrascht und dann besorgt aussieht.

„HALLO? Bist du vom Kindermädchenservice?", frage ich. Sie scheint sich wieder von dem, was auch immer sie überrascht hat, erholt zu haben und nickt, aber etwas an ihrem Lächeln ist immer noch falsch.

Sie hat auch etwas sehr Vertrautes an sich, aber ich weiß nicht, was es ist.

„Ja, das bin ich. Mr. Jordan?", fragt sie und hält mir

ihre Hand hin. Ich schüttle sie kurz und nicke ihr zu.

„und du bist?", frage ich. Wieder zögert sie und ichsehe das sie sichirgendwie unwohl zu fühlen scheint. Ich schiebe es darauf das sie nervös ist.

„Mein Name ist Shoshana Bailey." Sie klingt zugeschnürt, fast schrill, und ich hebe meine Augenbrauen.

„Bist du neu dabei?", frage ich und sie nickt schnell.

„Ich habe mich erst vor ein paar Tagen angemeldet", sagt sie hastig. „Ich versuche genug Geld zu bekommen damit ich davon leben und die Schule bezahlen kann."

„Ich verstehe. Erzähl mir von dir." Sie zögert wieder und redet dann sehr schnell.

„Ich bin erst vor kurzem hier her gezogen. Ich möchte Krankenschwester werden. Ich komme sehr gut mit Kindern klar und ich freue mich sehr darauf Ihren Sohn kennenzulernen. Hoffentlich werden wir hervorragend zueinander passen." Sie lächelt wieder, aber es sieht gezwungen aus. Sie stellt auch keinerlei Fragen über mich, was ich seltsam finde und ich rufe Brayden.

„Hat die Agentur dir irgendetwas erzählt?", frage ich mit erhobenen Augenbrauen.

„Nur was Sie ihnen gesagt haben, aber ich möchte

gern noch mehr wissen.", erwidert sie lächelnd. Ich weiß, dass ich der Agentur nicht mehr als das notwendigste gesagt habe, grinse in mich hinein und rufe erneut nach Brayden. Ich hoffe das Mädchen kommt mit ihm klar.

„Er ist ein bisschen schwierig", sage ich als Brayden das Zimmer betritt. Sie legt ihre Hände auf ihre Knie, beugt sich nach vorn und lächelt ihn herzlich an.

„Schön dich kennenzulernen", sagt sie und hält Brayden ihre Hand hin. Wieder kommt mir der Gedanke das irgendetwas an ihr vertraut ist.

Ich schüttle das Gefühl ab. Wenn sie gerade erst hergezogen ist verwechsle ich sie wahrscheinlich mit jemand anderem.

„Schön dich kennenzulernen", murmelt Brayden. Er hat seine Hände in den Hosentaschen und lächelt scheu.

Auch wenn irgendetwas an dem Mädchen seltsam ist, mag ich sie trotzdem. Sie scheint trotz allem vertrauenswürdig zu sein. Ich sehe das mein Sohn sie auch mag und ich nehme an, dass das Lächeln, das sie ihm schenkt, ehrlicher ist als das, das sie mir geschenkt hat.

Ich schiebe ihr merkwürdiges Verhalten auf ihre Nerven und hole die Papiere, die ich ausgedruckt habe und die noch in der Küche liegen.

Sie scheint tatsächlich die Richtige zu sein.

8

„Und ich glaube, dass ist alles, was du für den Anfang wissen musst. Wenn es noch etwas gibt dann kannst du jederzeit fragen. Ich glaube Brayden mag dich auch ausreichend. Wenn du den Job willst dann gehört er dir." Rex legt die Papiere zusammen mit einem Stift auf den Tisch und sieht mich erwartungsvoll an.

Ich kämpfe darum ganz natürlich zu wirken, aber ihn wiederzusehen hat mich vollkommen unvorbereitet getroffen. Ich fasse es nicht, dass es derselbe Mann ist mit dem ich gestern Abend noch ausgegangen bin und ich versuche ängstlich herauszufinden, ob er mich wiedererkannt hat.

Ich nehme an, dass hat er nicht, da er mich nach meinen Namen gefragt hat als ich ankam. Ich weiß nicht was ich davon halten soll. Ich bin zum Teil etwas verletzt das er mich nach allem was gestern passiert ist nicht erkennt. Vielleicht war die Anziehung ja doch einseitiger als ich es gedacht habe.

Andererseits bete ich, dass er mich wirklich nicht mit der Frau von letzter Nacht in Verbindung bringt, jetzt wo er meinen richtigen Namen kennt. Ich bin sicher, dass er ihn schon kannte da er ja auf der Webseite der Agentur stand, bin aber etwas irritiert darüber, dass die Agentur mir nicht seinen vollen Namen gegeben hat als sie mir seine Adresse übermittelt haben.

Sicher, ich fand es einen seltsamen Zufall, dass ich in der Nacht vor meinem Vorstellungsgespräch mit einem Mann namens Jordan, mit einem Mann der auch Jordan hieß, ausgegangen bin. Aber auf der anderen Seite sagte ich mir, dass Rex an dem Abend seinen Sohn mit keinem Wort erwähnt hatte, und auch nicht, dass er jemals verheiratet war.

DER GEDANKE KOMMT MIR FLÜCHTIG, dass er immer noch verheiratet sein könnte und ich mache mir Sorgen das seine Frau jede Minute um die Ecke kommt und mich begrüßt. Es sieht einem reichen Mann ganz ähnlich, dass er jemanden dafür bezalt um mit ihm zu einer Party zu gehen, auf die er seine Frau nicht mitnehmen möchte, und nicht einmal die Tatsache, dass wir Sex hatten ist ein Grund warum er nicht verheiratet sein könnte.

Aber jetzt kommt mir in den Sinn, dass die Agentur mir gesagt hat er wäre ein alleinerziehender Vater und das wäre ein Hauptgrund warum er nach jemanden sucht, der auf seinen Sohn aufpasst.

Ich gehe zu ihm und überfliege die Papiere. Es ist nur eine Vereinbarung von beiden Seiten das ich zu vereinbarten Zeiten auf seinen Sohn und das Haus aufpasse, und dass er mir aus diesem Grund einen Schlüssel zum Haus überlässt. Ich unterschreibe an der entsprechenden Stelle und mein Herz schlägt mir bis in die Kehle, als er mir den Schlüssel gibt.

Als ich die Hand ausstrecke um ihm den Schlüssel abzunehmen, fühle ich wie das Armband, das er mir am vergangenen Abend gegeben hat, in meiner Jacke am Arm nach oben rutscht. Mein Herz klopft heftig und ich danke Gott im stillen das es nicht herausgerutscht ist als ich die Papiere unterschrieben habe. Ich habe es am vergangenen Abend nicht abgenommen und es ist immer noch an meinem linken Arm, wo Rex es mir am vergangenen Abend umgelegt hatte.

Es wäre eine Katastrophe gewesen wenn ich meine Jackenärmel nach oben geschoben hätte, wie ich es so oft tue, wenn ich Papiere unterschreibe, und das Armband direkt vor ihm gewesen wäre. Ich bin mir nicht nur sicher das er mich, noch bevor die Tinte überhaupt getrocknet gewesen wäre, wieder gefeuert hätte – wer will schon das eine bezahlte Begleiterin auf seinen Sohn aufpasst? - sondern es wäre unangenehm für ihn gewesen herauszufinden wer ich bin, nachdem er schon seit 20 Minuten neben mir sitzt und es nicht bemerkt hat. Ich hatte die ganze Zeit während des Vorstellungsgespräches versucht meine Stimme zu ändern, in der Hoffnung, dass sie mich nicht verraten würde.

Ich nehme mir umgehend vor, dass ich das Armband in meine Handtasche stecke sobald ich hier raus bin. Ich habe sonst keinen anderen Platz wo ich es hinlegen könnte solange ich noch bei Jasmine wohne, und ich will es auch nicht verlieren.

Und ich kann es auf keinen Fall riskieren, dass er es sieht.

Ich gebe ihm lächelnd den Stift zurück und versuche nicht mehr an das Armband zu denken. „Ich nehme die Papiere mit mir mit und übergebe sie der Agentur und bin morgen früh frisch und munter bereit anzufangen."

Er nickt. „Meinst du du kannst gegen 6 hier sein? Brayden schläft dann noch, aber um so früher ich ins Büro komme, um so besser."

„Sechs ist perfekt. Wie lange bleibst du gewöhnlicherweise im Büro?", frage ich lächelnd. Ich werde nach Stunden bezahlt. Um so länger er bleibt, um so besser für mich.

Er zuckt mit den Schultern. „Das kommt immer ganz auf den Tag an, aber ich sollte gegen 4 oder 5 Uhr nachmittags zu Hause sein."

Ich nicke erneut lächelnd und versuche unauffällig meinen Ärmel unten zu halten, klemme mir die Papiere unter den Arm und strecke meine Hand aus.

„Ich bin mir sicher, dass es ein Vergnügen wird für dich zu arbeiten", sage ich und versuche so professionell zu klingen wie mir das möglich ist. Er schüttelt meine Hand erneut und lässt nickend schnell wieder los.

„Ich hoffe du bleibst länger als die anderen. Ich glaube nicht das Brayden wirklich so schwierig ist, er braucht nur jemanden, der ihn versteht." Rex wirft seinem Sohn, der mit seinem Computer spielt, durch den Raum einen Blick zu. Ich mag den Jungen, er erinnert mich an mich selber als ich noch ein Kind war und daran, wie viel ich selber durchgemacht habe.

Ich wende mich wieder Rex zu und lächle ihn verstehend an. „Ich weiß von was du sprichst und ich kann dir versichern, dass ich alles in meiner Macht stehende tun werde, damit er sich sicher und wohl fühlt während du weg bist." Ich bin mir jetzt vollkommen sicher, dass er nicht weiß wer ich bin. Vielleicht kann ich ja mehr ich selbst in seiner Nähe sein nachdem einige Zeit nach unserer Verabredung vergangen ist. Zumindest hoffe ich das.

Wir verabschieden uns und ich eile nach draußen. Ich laufe die Straße entlang, halte die Papiere an meine Brust gedrückt und habe beide Arme vor mir verschränkt. Ich wusste nicht wie lange das Interview dauern würde, also habe ich dem Taxifahrer gesagt, dass er nicht auf mich warten muss. Bis zur Agentur ist es nicht weit, also entschließe ich mich dazu die Papiere schnell vorbeizubringen und dann zu Jasmine zurückzulaufen.

Mir gehen so viele Gedanken durch den Kopf, dass ich nicht mal weiß wo ich anfangen soll. Ich fasse es nicht, dass ich für den selben Mann arbeiten werde, von dem ich die ganze Nacht lang geträumt habe und ich verdränge den Gedanken wie unangenehm es war seinen Sohn zu treffen, von dem ich nicht einmal etwas wusste als ich noch vor ein paar Stunden mit seinem Vater geschlafen habe.

Eigentlich will ich vergessen das ich jemals Sex mit Rex hatte. Es wäre zu seltsam jeden Tag in dem Wissen das wir gefickt haben, auf sein Kind aufzupassen. In dem Wissen, dass er der beste Fick meines Lebens gewesen war. Irgendwie war es fast so als wären wir ein Paar. Als ob ich seine Freundin oder Frau wäre und auf sein Kind aufpasse während er arbeitet. Unser Kind.

Ich schüttle meinen Kopf. Wie abgefahren hört sich das denn bitte an? Und es kommt der Realität nicht einmal im geringsten nah. Die Realität ist, dass er mich nicht einmal erkennt und das obwohl er vor noch nicht einmal 24 Stunden in mir war. Ich weiß, dass ich mich verkleidet hatte, aber ich hatte gedacht zwischen uns gäbe es eine Art -verbundenheit die so etwas durchschauen würde.

Aber unter dem Strich will ich ja sowieso nicht das er mich erkennt. Ich will nicht, dass mich jemand mit Maddison Goodson in Verbindung bringt, vor allem kein potentieller Arbeitgeber. Dennoch kann ich nicht verleugnen, dass mein Ego - und vielleicht auch mein Herz – ein bisschen verletzt sind.

Ich gebe die Papiere ab und die Frau in der Agentur lächelt mich an und dankt mir.

„Wissen Sie, normalerweise werden die Leute nicht so schnell eingestellt. Ich arbeite hier schon eine lange Zeit und Sie sind die erste, bei der ich erlebe das sie noch in der ersten Woche einen Job bekommt. Mr. Jordan muss etwas ganz besonderes in Ihnen gesehen haben, dass alles so gut funktioniert hat." Auch wenn ich weiß, dass sie nur höflich ist, spüre ich wie mein Herz erneut bis in meine Kehle schlägt und meine Knie weich werden.

„Keine Ahnung. Ich meine, ich habe mich mit seinem Kind verstanden und ich bin mir sicher, dass ist alles was ihn interessiert." Ich spreche schnell und sehe an ihrem Gesichtsausdruck das sie nicht weiß was sie sagen soll. Ich lächle und gehe zur Tür. „Ich muss jetzt leider los. Morgen früh fange ich an!"

Sie ruft mir etwas hinterher und ich nehme an, dass sie mir Glück wünscht. Sicher bin ich mir nicht, aber ich will auch nicht zurückgehen um es herauszufinden. Ich will darüber gar nicht mehr sprechen und ich weiß nicht einmal, ob ich Jasmine von diesem verrückten Zufall erzählen soll.

Die ganze Situation ist mir unangenehm und gleichzeitig bin ich aufgeregt und ich will gar nicht weiter darüber nachdenken als es nötig ist. Ich habe einen Job und ich sollte dankbar dafür sein, dass ich für jemanden arbeiten werde, der so reich ist. Was ist schon dabei das ich am Abend zuvor mit ihm ausgegangen bin?

Und das wir Sex hatten? Es ist nicht dasselbe wie mit meinem Arbeitgeber zu schlafen – was ein absolutes no-go wäre, sowohl wegen der Regeln der Agentur, als auch meiner eigenen - und soweit es mich betrifft braucht weder er, noch jemand anderes, jemals die Wahrheit zu erfahren.

Jasmine hatte recht. Es war eine einmalige Sache. Das Mädchen, das ich gestern Abend gewesen bin, wird nie wieder auftauchen und das bedeutet, dass die sexuellen Gefühle, die ich gegenüber diesem Mann hege auch begraben sind.

Ich sage mir, dass wenn Jasmine das kann, ich es auch kann. Sie spielt auch zwei komplett verschiedene Menschen wenn sie zwischen ihrer Arbeit und ihrem Zuhause wechselt. Es gibt keinen Grund, dass ich das nicht auch kann, und das habe ich auch vor. Es wird vielleicht nicht einfach, aber ich habe keine andere Wahl.

Ich bin jetzt wieder ich selbst und ich selbst habe Rex Jordan niemals getroffen bevor ich an diese Tür geklopft habe. Ich bin ein neues Kindermädchen und ich werde alles daran setzen das beste Kindermädchen zu sein, das der Junge jemals hatte.

Ich muss mein Armband nicht auf Arbeit tragen. Wahrscheinlich wäre es sowieso am besten, wenn ich es nie wieder tragen würde. Ich werde es abnehmen sobald ich daheim bin und es vergessen.

Ich erinnere mich selbst daran, dass alles nur ein Märchen war. Eine einmalige Sache, die ich jetzt vergessen sollte.

Ganz egal wie schierig das auch wird.

9

„Ich bin froh das es bei dir langsam vorangeht", sagt Brody und schlägt mir auf den Rücken als wir unsere Sachen vom Morgenmeeting zusammenpacken und uns auf das Mittagessen vorbereiten.

„Ich auch", sage ich schlicht. Es mögen zwar einfache Worte sein, aber sie sind wahr.

Es ist jetzt schon über eine Woche her und das ist die längste Zeit, die ich jemals geschafft habe ein Kindermädchen zu behalten, ohne das es irgendwelche Probleme gab. Er scheint Shoshana zu mögen und so weit ich das beurteilen kann, mag Shoshana ihn auch. Ich selber kenne sie nicht so gut, aber solange sie und mein Sohn miteinander klarkommen, bin ich glücklich.

„Wie läuft es mit der heißen Braut, die du mit zur Party gebracht hast?", fragt Brody plötzlich.

Ich zucke zusammen. Es ist das erste mal seit der Party das wir eine Gelegenheit zum reden haben und ich hatte gehofft, dass er meine Begleiterin schon vergessen hat. Aber eigentlich war mir klar, dass es nur eine Frage der Zeit war, bis er auf sie zu sprechen kommen würde und eigentlich wollte ich noch darüber nachdenken was ich antworten sollte.

„Ihr geht es gut", sage ich.

„Gut? Gut, wie alles läuft bestens? Gut, wie es ist etwas langfristiges? Gut kann man auf viele Arten interpretieren", lacht Brody und sieht mich erwartungsvoll mit hochgezogen Augenbrauen an.

„Gut, wie sie ist glücklich." Ich werfe ihm einen ungeduldigen Blick zu und er versteht den versteckten Hinweis.

„Na gut, ich sehe dich nach dem Essen, Kumpel. Ich würde gern mit dir darüber reden wie du das neueste Problem in der Software korrigieren willst. Und auch die Kunden würden das gern wissen." Er lacht erneut und ich verziehe das Gesicht als er den Gang entlang zur Tür geht. Bei ihm hört es sich schlimmer an als es ist, aber Softwareupdates waren schon immer etwas nervendes gewesen, besonders wenn sie etwas seltsames in der Software anrichten und sie dann nicht mehr richtig funktioniert.

In den letzten Tagen habe ich nichts anderes getan und ich freue mich nicht darauf, nach dem Essen wieder weiterzumachen, aber ich bin optimistisch das ich etwas finden werde, welches das Problem behebt. Solange ich es fertig bekomme bevor die anderen Investoren davon hören das es ein Problem gibt, bin ich zufrieden.

Ich höre wie sich die Tür öffnet und wieder schließt und ich reibe seufzend meine Augen. Es gelingt mir gut nicht an Maddison zu denken. Aber jetzt, wo Brody sie erwähnt hat weiß ich, dass sie für den Rest des Tages in meinen Gedanken herumspuken wird.

Während der letzten Woche habe ich mich zurückgehalten sie nicht mehr zu kontaktieren oder wiederzusehen. Ich bin mir darüber im Klaren, dass ich mehr von ihr will als sie nur als eine bezahlte Begleiterin an meiner Seite zu haben, aber es ist der einzige Weg um sie wiederzusehen. Und wenn ich sie wieder einstellen würde, dann würde ich auf jeden Fall über eine mögliche Beziehung zwischen uns nachdenken. Was, wenn sie in jener Nacht tatsächlich nur ihren Job getan hatte? Was, wenn sie an mich überhaupt nicht interessiert ist – dann bin ich nur ein gruseliger Typ der sie nicht in Ruhe lässt und sie einstellt, nur um mit ihr auszugehen. Und mit Sicherheit gibt es einige Regeln die das verbieten damit die Mädchen geschützt sind.

Aber was für eine andere Wahl habe ich schon? Ich weiß, dass ich sie wiedersehen will.

Und es hat ganz bestimmt nicht geholfen, dass mir endlich klar geworden ist an wen Shoshana mich erinnert. Ich kann nicht in der Nähe des Kindermädchens sein ohne an Maddison und unsere gemeinsame Nacht zu denken. Und diese Art von Gedanken gehören sich einfach nicht gegenüber dem Kindermädchen meines Sohnes. Wenn Shoshana jemals das Zelt bemerkt, zu dem sich meine Hose ausbeult wenn die zwei Frauen in meinem Kopf zu einer verschmelzen, dann wird sie mich mit Sicherheit verklagen.

Also sollte ich besser gar nicht daran denken. Am besten ist es, überhaupt nicht an das Kindermädchen zu denken.

Ich starre auf meinen Computermonitor. Er ist voll mit Codes und mein Gehirn brummt. Ich muss den Fehler in diesem Meer aus Zahlen und Buchstaben finden, korrigieren und dann das Beste hoffen.

Aber im Moment geht mir Maddison nicht aus dem Kopf. Ich frage mich, was sie wohl gerade tut. Ich weigere mich über all die anderen Kunden, die sie seit unsere Nacht wahrscheinlich schon hatte, nachzudenken, aber ich lasse meine Finger über die Tastatur gleiten und ziehe kurz in Erwägung auf die Webseite zu gehen und nachzusehen wie es ihr geht.

Ich rede mir ein, dass es schon ausreichen würde

ihr Foto zu sehen. Aber tief in mir weiß ich, dass ich, wenn ich erst einmal auf der Seite bin, ihr eine Nachricht schicke. Ich weiß zwar im Moment nicht was ich schreiben würde, aber ich würde sie auf jeden Fall kontaktieren.

IMPULSIV KLICKE ich auf den Verlauf meines Browsers und klicke auf die Seite. Es fühlt sich komisch an eine solche Seite aufzurufen, während ich im Büro bin, aber ich schiebe den Gedanken beiseite als mein Magen sich zusammenzieht und mein Herz heftig zu schlagen anfängt. Ich tippe ihren Namen, drücke Enter und warte darauf, dass ihr Profil erscheint.

Nichts passiert.

Ich versuche es erneut aber wieder ohne Ergebnis.

Traurigkeit überkommt mich und ich gehe zurück zum Browserverlauf und klicke direkt auf den Link, der mich zu ihrem Profil bringt und warte, während mein Computer versucht die Seite zu laden.

Alles was ich bekomme ist eine Fehlermeldung. Es scheint als ob sie nicht mehr auf der Seite ist. Mir kommt der Gedanke das sie vielleicht aus Sicherheitsgründen ab und zu die Webseiten wechselt und ich versuche es auf ein paar anderen Begleitserviceseiten die ich kenne und lese sogar ein paar Reviews von

Kunden in der Hoffnung das irgendjemand ihren Namen erwähnt, aber ich finde nichts.

Maddison Goodson ist verschwunden.

Ihr Profil ist verschwunden und damit auch meine einzige Chance sie wiederzufinden. Ich tippe ihren Namen in die Suche von ein paar Sozialen Medien und sehe zu, wie ein paar Profile auftauchen. Es gibt wahnsinnig viele Maddison Goodson, aber keine von ihnen hat das bezaubernde Lächeln oder die funkelnd blauen Augen, die es mir bei ihr sofort angetan hatten.

Wie konnte sie einfach so ihr Profil löschen und verschwinden? Wohin zum Teufel war sie gegangen? Wie groß ist die Wahrscheinlichkeit, dass das Mädchen, das ich suche, die einzige Person auf der ganzen Welt ist, die keinen Account bei irgendwelchen sozialen Medien hat?

ICH STÜTZE meine Ellbogen auf den Tisch, verschränke meine Finger und schüttle mit einem traurigen Lächeln meinen Kopf. Ich fasse es nicht, dass sie einfach so verschwunden ist – wenn sie wollte das ich sie wieder kontaktiere, dann sollte ihr klar sein, dass dies die einzige Möglichkeit war, die ich hatte. Ich begreife nicht, dass ich das nicht schon viel früher getan habe. Es tut weh und gleichzeitig bin ich etwas sauer das ich ihr dieses Armband gegeben habe.

Zu dieser Zeit wollte ich einfach, dass sie einmal erlebt wie es sich anfühlt wenn man etwas Wertvolles geschenkt bekommt. Auch wenn sie professionell war, hatte sie ein gewisse Unschuld an sich und etwas an ihr sagte mir, dass sie solche Dinge nicht oft in ihrem Leben bekam. Auch wenn sie für ihre Dienstleistung bezahlt wurde, bekam sie wahrscheinlich nicht sehr oft und ohne Grund schöne Dinge.

Dieses Armband hatte mir etwas bedeutet und ich hatte es ihr in der Hoffnung gegeben, dass es ihr auch etwas bedeuten würde.

Jetzt wo sie weg ist, und ich keine Möglichkeit mehr habe sie zu erreichen, wünschte ich, dass ich das Armband behalten hätte. Sicher, ich habe Geld um loszuziehen und ein anderes zu kaufen, aber das ist nicht der Punkt. Jetzt wo ich sehe, dass sie nicht mehr auffindbar ist, fühlt es sich an als ob die ganze Nacht irgendwie überschattet ist – als ob sie mich irgendwie übers Ohr gehauen hätte.

Sicherlich verdiente eine Frau, die so schön war, mit dieser Art von Arbeit eine Unmenge an Geld. Es ergibt keinen Sinn, dass sie nirgendwo auch nur erwähnt wird – nicht nur das ihr Profil verschwunden ist, sondern ihr Name taucht auch in keinem der Foren auf, wo die Kunden über ihre bevorzugten Mädchen sprechen.

. . .

Ich schüttle meinen Kopf, schließe den Tab und wende meine Aufmerksamkeit wieder dem Code vor mir zu. Ich habe meinen Appetit verloren und zwinge mich dazu mich mit dem Code zu beschäftigen.

Es wird Zeit Maddiosn Goodson zu vergessen und mich auf meine Arbeit und meinen Sohn zu konzentrieren. Ich wünsche ihr alles Gute, wo auch immer sie sein mag.

Aber es ist an der Zeit sie zu vergessen und mein Leben weiterzuleben.

10

„Ich will dir einfach nicht das Abendessen verderben", erkläre ich zum hundertsten mal. Brayden verschränkt seine Arme und schaut mich böse an, doch ich lächle und hoffe, dass ich ihn damit beruhigen kann. Er hat mich bereits unzählige Male um einen weiteren Keks gebeten und ich weiß, dass wenn ich nachgebe, er dann sein Abendessen nicht essen wird.

Rex hatte mich bereits darum gebeten ihn am späten Nachmittag nicht mehr naschen zu lassen, und es fällt mir schwer das zu tun. Ich will genauso auf sein Kind acht geben wie er das tun würde, aber ich habe schnell gelernt, dass wenn Brayden einen kleinen Snack am Nachmittag bekommt, man mit ihm viel besser auskommen kann. Wenn nicht, dann macht er ein Theater wie aus dem Bilderbuch.

Das einzige Problem ist, dass der kleine Snack sich immer mehr zur Abendbrotzeit hin verlagert und mit jedem Tag größer wird.

„Ich will kein Abendbrot, ich will einen Keks!", schießt Braydon zurück. Ich lächle und schlage vor das wir stattdessen nach draußen gehen und spielen.

„Ich weiß, dass du gern mit deinem Basketball spielst", sage ich fröhlich.

Er sieht mich erneut böse an und rennt dann ohne ein weiteres Wort in sein Schlafzimmer und knallt die Tür hinter sich zu. Ich zucke bei dem lauten Geräusch, das die Bilder an der Wand zum wackeln bringt, zusammen, aber ich schüttle das ungute Gefühl ab und sage mir, dass ich das Richtige getan habe.

Ich gehe davon aus das Rex auf meiner Seite sein wird, wenn Brayden seinem Vater später erzählt, dass ich ihm keinen weiteren Keks geben wollte, und ihm sagt, dass er tun soll was ich anordne. Im großen und ganzen tut Brayden eigentlich immer was ich ihm sage, aber ich verstehe langsam, warum andere Kindermädchen behaupten, dass man nur schwer mit ihm zurechtkommt.

Er ist ein eigensinniger kleiner Junge und er weiß was er will. Aber ich bin mit einer drogensüchtigen

Mutter aufgewachsen – ein eigensinniger kleiner Junge ist nichts im Vergleich dazu.

Das größte Problem das ich habe ist, dass ich ihm alles geben möchte was er will, aber ich muss auf die Einschränkungen und Verbote seines Vaters hören. Nicht das Rex zu streng wäre, aber es ist kein leichtes Unterfangen und ich bin froh, dass ich mich im Moment gegen Brayden behauptet habe.

Es scheint als ob er mich mag und auch wenn ich mir immer wieder sage, dass ich ihn nicht zu sehr in mein Herz geschlossen habe, gibt es doch nichts was ich für das Kind nicht tun würde.

Ich setze mich an den Tisch, müde davon ihm den ganzen Nachmittag hinterherzujagen und hoffe, dass Rex heute eher um Vier als um Fünf nach Hause kommt. Als ob er meine Gedanken lesen könnte öffnet sich die Tür und Rex kommt herein. Mir fällt sofort auf, dass er selber heute müde und abgeschlagen aussieht. Ich stehe auf und möchte ihm helfen.

„Hallo! Wie war die Arbeit?", frage ich lächelnd. Ich mache mir keine Sorgen mehr darüber, dass er meine Stimme erkennen könnte – wenn er das getan hätte, dann wäre es schon lange passiert.

ER LÄCHELT mich müde an und ich hoffe das meine Fröhlichkeit ihn etwas aufmuntert.

„War okay. Ich glaube wir haben unsere Probleme endlich gelöst. Wie war dein Tag?", fragt er.

Mein Herz schlägt mir bis in die Kehle. Es sind diese kleine Gespräche, die es so leicht machen mich in einem Traum darüber zu verlieren, was sein könnte. Davon, wie es wäre, wenn wir eine kleine Familie wären.

Ich kann es gut vor ihm verbergen das ich ihn mehr als nur mag, aber ich kann es nicht vor mir selber verbergen. Tatsache ist, dass ich von ihm träume seit ich diesen Job hier angefangen habe, und es wird mit der Zeit immer schlimmer.

„Brayden war lieb heute, auch wenn er gerade in sein Zimmer gestürmt ist weil ich ihm keinen weiteren Keks geben wollte", sage ich lachend, schüttle die mädchenhaften Gedanken ab und versuche wieder das Kindermädchen zu sein. Ich hoffe, dass wenn ich es ihm erzähle, es nicht so schlimm wird, als wenn Brayden erst seine Version der Geschichte erzählt. Rex schaut auf die Uhr und nickt.

„Es ist fast Zeit für Abendbrot. Wenn er jetzt noch einen essen würde, dann würde er kein Abendbrot mehr herunterbringen."

„Genau das habe ich ihm auch gesagt, aber ich glaube nicht, dass wir da der gleichen Meinung sind", sage ich erneut lachend. Das erste mal seit er nach Hause gekommen ist grinst Rex.

„Ich bin sicher, dass er gleich raus kommt." Rex geht in die Küche, füllt sich ein Glas mit Wasser und starrt aus dem Fenster während er trinkt.

Ich versuche krampfhaft etwas zu finden, das ich sagen könnte, aber mir fällt nichts ein. Auch wenn ich immer noch die starke Anziehungskraft zwischen uns spüre, die vom ersten Tag da war, ist er ein anderer Mann als in der Nacht, in der ich mit ihm ausgegangen bin.

Irgendwie ist er mehr reserviert und zurückhaltend und sogar jetzt spüre ich, dass er von etwas abgelenkt ist. Ich frage mich ob es seine Arbeit ist. Ich weigere mich eine andere Frau in Betracht zu ziehen. Das letzte woran ich denken will ist, was passiert wenn er eine andere Frau mit nach Hause bringt während ich hier arbeite.

„Hast du einen Freund?", fragt er plötzlich.

Ich reiße den Kopf hoch. Ich bin auf diese Frage nicht vorbereitet, besonders nicht wenn sie so aus dem Blauen kommt. Manchmal könnte ich schwören, dass der Mann meine Gedanken lesen kann.

Ich frage mich, warum er das überhaupt wissen will. Ich denke daran wie albern und unerfahren ich mir als Maddison vorgekommen bin. Ich will mich ihm gegenüber nicht noch einmal so fühlen.

Eine innere Stimme sagt mir, dass ich ihn beeindrucken muss. Ich will das er denkt, dass ich weiß was ich tue. Vielleicht mag er das mehr als das Mädchen, das ich als Maddison war. Vielleicht kann ich ihm von dem ablenken, was ihn beschäftigt – oder davon wer ihn beschäftigt.

„Ab und zu. Die meisten meiner Beziehungen sind oftmals mehr körperlich als romantisch. Wenn sie abhauen, dann sind sie eben weg und ich warte auf den nächsten!" Ich versuche fröhlich und welterfahren zu klingen, lache über meine eigenen Worte, aber ich spüre seine Augen auf mir.

Er lacht nicht. Er lächelt nicht einmal. Stattdessen steht er in der Küche und mustert mich, das Glas Wasser in seiner Hand.

Er starrt mich an, aber ich habe den Eindruck, dass er mich gar nicht sieht. Da ist ein abwesender Ausdruck in seinen Augen und ich sehe, dass er schon wieder an etwas anderes denkt. Etwas, das nicht hier ist. Etwas das nicht ich bin.

Ich will weitererzählen. Ich will ihm erzählen das ich gern eine richtige Beziehung hätte, aber ich fürchte, dass das zu viel des Guten wäre. Das er mich durchschaut und erkennt, dass ich eigentlich eine Beziehung mit ihm will.

Und das wird niemals passieren.

Bevor ich noch die Chance habe zu entscheiden was ich tun soll, sehe ich wie das Leben in seine Augen zurückkehrt, als ob er plötzlich wieder in die Gegenwart geworfen wurde. Er schaut mich erneut an, aber dieses mal bin es wirklich ich, die er anschaut. Er lächelt seltsam und ich erwidere es und wünsche mir verzweifelt, dass ich seine Gedanken lesen könnte.

„Ist es nicht immer so", sagt er und trinkt sein Wasser aus. Ich lache und stimme zu, aber zu meiner Enttäuschung stellt er nur sein Glas in das Becken und geht zu seinem Schlafzimmer.

„Danke, dass du heute auf Brayden aufgepasst hast. Ich hoffe er hat nicht zu viel angestellt!"

„Nein, er war ein Goldstück wie immer", rufe ich ihm hinterher.

Ich frage mich, wie es sein würde in seinem Schlafzimmer zu sein. Ich stelle mir vor wie er aussieht wenn er aus seiner Arbeitskleidung schlüpft und sich etwas bequemes für den Abend anzieht. Ich wünschte, ich könnte bei ihm sein. Ich wünschte, er würde mich auf das Bett werfen. Ich wünschte, er würde mich so nehmen, wie an dem Abend der Party.

„Gut, ich freue mich das zu hören! Danke nochmal und wir sehen uns dann morgen früh wieder!" Seine Stimme kommt aus dem Schlafzimmer und ich trete mir selber in den Hintern. Ich wünschte, ich wäre mutig genug ihm die Wahrheit zu sagen. Ich wünsche mir nichts sehnlicher als ihm zu sagen, dass ich diejenige war, mit der er den Abend verbracht hat.

Ich will ihm sagen das es ein wunderschöner Abend gewesen ist und das ich wieder mit ihm ausgehen möchte.

Und wenn ich richtig mutig wäre, dann würde ich ihm sagen, dass ich gern mein Leben mit ihm verbringen würde. Aber dafür fehlt mir der Mut. Ich habe ja nicht einmal den Mut ihm überhaupt die Wahrheit zu sagen.

„Bis morgen!", rufe ich.

Zögernd nehme ich meine Sachen vom Tisch, gehe zur Tür und stoppe kurz um Brayden Gute Nacht zu sagen. Er spielt mit seinem Spielzeug und scheint sich nicht sonderlich dafür zu interessieren, dass ich gehe und ich frage mich wie es wäre, wenn ich nicht gehen müsste.

Es ist nur ein kurzer Gedanke, denn ich weiß, dass, ganz egal was auch immer ich mir erträume, es sich niemals erfüllen wird. Ich verdränge den Gedanken als ich meine Jacke und meine Handtasche nehme. Ich höre die Dusche im Schlafzimmer und stelle mir vor, wie er nackt dort steht und das Wasser über ihn fließt.

Erneut trete ich mir selbst in den Hintern, dass ich nicht den Mut habe ihm zu sagen, was wirklich passiert ist, oder wer ich wirklich bin. Ich akzeptiere, dass ich nicht diejenige sein werde, die es ihm jemals erzählt und ich schaudere beim Gedanken daran, was passieren wird, wenn er es jemals herausfindet. Würde er wütend sein weil ich nicht ehrlich war? Wäre er angewidert davon das er unwissend ein Mädchen vom Begleitservice eingestellt hat um auf seinen Sohn aufzupassen? Mit diesen unschönen Gedanken im Kopf hänge ich mir meine Tasche über die Schulter und gehe zur Tür hinaus.

Es gibt ein paar Dinge im Leben die ich akzeptieren muss und so schwer es mir auch fällt das einzusehen, ein gemeinsames Leben mit Rex gehört dazu. Ich gehe nach Hause und träume weiter von ihm, aber das ist auch alles.

Ich bin das Kindermädchen und mehr nicht.

Tief in mir habe ich Angst. Angst davor, dass es das einzige ist, was er in mir sieht, und dass es das einzige ist, was er jemals in mir sehen wird.

Aber am meisten fürchte ich mich davor, dass es meine eigene Schuld ist.

11

Ich muss zugeben, dass ich nicht weiß, was ich von Shoshana halten soll. So sehr ich auch versuche nicht an sie zu denken, wissend das meine gedanklichen Vergleiche von ihr zu einer Frau die ich begehre, vollkommen unangebracht sind, fällt es mir nicht leicht Shoshana zu ignorieren. Ich fühle mich auch zu ihr hingezogen, aber ich bin mir nicht sicher, ob mein Gehirn mir da einen Streich spielt weil sie Maddison so ähnlich ist.

Sogar mit meinen eigenen chaotischen Gefühlen für sie, fällt mir auf, dass etwas an ihr irgendwie nicht stimmt. Jedes mal wenn wir reden spüre ich etwas merkwürdiges und ich weiß nicht warum. Es ist nicht dieses merkwürdige Gefühl das man hat wenn man nervös ist und ich bezweifle, dass sie von mir eingeschüchtert ist, aber ich habe keine Ahnung was es sonst sein könnte.

Ich mag es nicht, gegenüber Menschen Misstrauisch zu sein , aber ich frage mich doch, ob sie etwas vor mir verbirgt. Ich erinnere mich daran, dass ich nicht viel über ihre Vergangenheit weiß, und immer wenn ich ihr Fragen zu ihrem Privatleben stelle, gibt sie mir verschwommene Antworten. Was könnte es sein das sie vor mir verbirgt?

Während ich in meinem Sessel sitze und die Neuigkeiten auf meinem Laptop anschaue, denke ich an unser Gespräch, das wir heute Nachmittag hatten. Sie sah sehr aufgeregt aus. Sie wirkte so vertraut als sie mich begrüßt hat, dass es fast abwegig erscheint, dass wir uns erst seit etwas über einer Woche kennen, besonders in unseren Rollen als Kindermädchen und Arbeitgeber.

VERTRAUTHEIT. Dieses merkwürdige Gefühl das mich jedes mal ergreift wenn ich mit ihr rede – vom ersten Moment an dem ich ihr die Tür geöffnet habe und sie dort stand. So sehr wie ich es auch bekämpfe, ich kann nicht abstreiten, dass dieses Gefühl da ist.

An diesem Nachmittag war es aber nicht nur ihre Begrüßung. Es war die Art wie sie mich angesehen hat.

Ich hatte mit Absicht angefangen mich vor ihr auszuziehen, um ihre Reaktion zu beobachten und wenn ich jetzt so darüber nachdenke muss ich zugeben, dass sie nicht annähernd so befremdet darauf reagiert hat wie man es erwarten würde. Besonders wenn man bedenkt wie sie sich verhalten hat als ich sie über ihr Liebesleben befragt habe.

Auch wenn sie sich angehört hat als ob sie schon unglaublich viel Erfahrung hat, konnte sie mir bei ihren Worten nicht ins Gesicht schauen. Ich hatte so getan als würde ich nicht zuhören, aber ich habe sie mit Argusaugen beobachtet. Ich wollte sehen wie sie sich verhalten würde und es war befriedigend zu sehen das sie log.

Sie war nicht so erfahren wie sie mir glauben machen wollte. Ich weiß nicht warum sie mich anlügt und ich wünschte ich könnte sie das fragen ohne das es merkwürdig erscheint. Ist sie in mich verliebt und der Meinung, dass es mich beeindrucken würde wenn sie sich so gibt?

Das hört sich irgendwie nicht plausibel an – normalerweise verhält sie sich sehr professionell wenn ich in der Nähe bin. Das ist ihr heute zum ersten mal passiert und ich kann ihr das nicht wirklich übel nehmen, schließlich stochert man ja nicht einfach so in jemandes Privatleben herum.

Jetzt befinde ich mich allerdings in einer etwas merkwürdigen Lage. Auf eine Art bin ich ihr Arbeitgeber. Klar, sie kommt von der Agentur, aber ich bin derjenige der sie letztendlich bezahlt.

Ich wünschte, ich könnte sagen was genau an ihr so vertraut ist. Jedes mal wenn wir zusammen sind kommt es mir so vor, als hätten wir uns früher schon einmal getroffen, aber sie sagte sie sei nicht von hier und ich war seit Jahren schon nirgendwo anders mehr. Sie scheint jung zu sein. Also kann sie auch niemand aus meiner Vergangenheit sein.

Plötzlich setze ich mich aufrecht hin und meine Gedanken schlagen Purzelbäume. Ich erinnere mich an das erste mal als sie zum Vorstellungsgespräch gekommen ist. Ich erinnere mich an ihren erschrockenen Blick als ich die Tür geöffnet habe und die befremdliche Art, wie sie gezögert hat, als sie sich mir vorgestellt hat. Das erste mal als sie meinen Namen gesagt hat, klang es fast fragend. Das war einer der Gründe warum ich dachte ich müsste sie von irgendwoher kennen.

So viel an ihr erinnert mich an Maddison das ich mich jetzt ernsthaft frage, warum ich solange gebraucht habe um eins und eins zusammenzuzählen.

Die Nacht mit Maddison lag gerade hinter mir als ich Shoshana das erste mal getroffen habe, und doch hat es ein paar Tage gedauert. Ihr Lächeln, die Art wie sie meinen Namen sagt und ihr ganzes Verhalten.... wirklich das einzige was die beiden unterscheidet ist ihre Haarfarbe und ihre Kleidung.

Ich kann mir nicht wirklich vorstellen, dass Shoshana irgendwo in einem solchen sexy Kleid auftaucht wie es Maddison in der Nacht getragen hat... aber wäre es möglich, dass sie und Maddions ein und dieselbe Person sind?

Ist es möglich, dass nicht Shoshana etwas verbirgt, sondern Maddison? Vielleicht hat sie mir einen falschen Namen genannt, als sie mir sagte das sie Maddison heißt. Der Gedanke klingt logisch – sie wäre mit Sicherheit nicht die erste von einem Begleitservice, die unter einem falschen Namen agiert. Jetzt verstehe ich auch warum ich nicht in der Lage war Maddison Goodson online zu finden – sie hat niemals wirklich existiert.

ABER WARUM HAT Shoshana für den Begleitservice gearbeitet? Und wie ist sie dann nach unsrem gemeinsamen Abend vor meiner Tür gelandet?

Vielleicht brauchte sie einfach das Geld, während sie sich nach einem festen Job umgeschaut hat. Auf beiden Webseiten, auf denen ich sie gefunden habe, war ich derjenige, der sie kontaktiert hat.

Es wäre ein großer Zufall wenn es dasselbe Mädchen ist, aber ich werde die Möglichkeit nicht ablehnen bis ich mehr Antworten habe.

Ich lehne mich zurück und meine Gedanken drehen sich unaufhörlich. Es muss eine Möglichkeit geben herauszufinden ob Shoshana und Maddison tatsächlich ein und dasselbe Mädchen sind, ohne sie direkt darauf anzusprechen. Wenn ich recht habe, dann muss Shoshana einen Grund haben, warum sie das alles vor mir geheim hält. Ich weiß nicht ob sie es zugeben würde, auch wenn ich sie direkt darauf ansprechen würde.

Was auch immer für einen Grund sie hat, sie hat gelogen. Sie hätte mir von Anfang an sagen können wer sie ist, aber sie hat sich dazu entschlossen es nicht zu tun. Wie kann ich also die Wahrheit herausfinden ohne sie zu fragen?

Ich wiege mich langsam vor und zurück während ich nachdenke. Es muss doch irgendetwas geben was ich Maddison erzählt habe, aber nicht Shoshana. Es muss etwas geben, das ich sie fragen und sie damit austricksen kann.

Der Gedanke an das Armband kommt mir in den Sinn und ich denke angestrengt nach, ob ich sie irgendwann in der letzten Zeit mit kurzen Ärmeln gesehen habe. Ich weiß es nicht, bin mir aber sicher, dass mir das Armband aufgefallen wäre... und davon abgesehen, wenn sie ihre Identität schon versteckt, dann wird sie es mit Sicherheit nicht tragen während sie auf meinen Sohn aufpasst.

Plötzlich kommt mir ein neuer Gedanke und ich lächle still in mich hinein. Ich werde Shoshana bitten mit mir auszugehen. Ich werde ihr sagen, dass ich es als Anerkennung tue für ihre Arbeit mit Brayden und dann führe ich sie zu dem selben Restaurant, in dem die Party war.

Der Plan steht schnell fest. Ich werde sie gleich morgen früh fragen, ob sie jemals in dem Restaurant war und werde genau beobachten wie sie reagiert.

Ich lege meinen Kopf zurück und schau mit klopfenden Herzen an die Decke. Ich hoffe sie willigt ein mit mir auszugehen und ich hoffe noch mehr, dass sie noch niemals in dem Restaurant war, außer an dem Abend als sie Maddison war. Wenn es so funktioniert wie ich es mir vorstelle, dann werde ich sie beim Lügen ertappen.

Ich werde die Wahrheit herausfinden.

„Ich weiß das wirklich zu schätzen. Du hast ja keine Ahnung wie viel mir das bedeutet!", sagt Shoshana erneut als wir uns an unserem Tisch setzen. So weit funktioniert mein Plan perfekt. Sie hat mir gesagt, dass sie noch niemals zuvor hier gewesen ist, noch eine Lüge - falls ich recht habe.

Sie hat dem Abendessen zugestimmt und ich habe einen Babysitter eingestellt, die auf Brayden aufpasst damit wir gehen können. Bisher hat sie sich noch nichts anmerken lassen, aber der Abend fängt ja erst an.

Wir plaudern und ich tue mein bestes um sie zu entspannen – um sie dorthin zu bekommen, wo wir an unserem ersten Abend waren als wir uns so vertraut miteinander gefühlt hatten. So lange habe ich mich noch nie mit Shoshana unterhalten und ich bin mir immer sicherer, dass es sich bei Maddison und ihr um ein und dasselbe Mädchen handelt. Langsam frage ich mich wie ich jemals etwas anderes denken konnte. Auch wenn ich sie die ganze Zeit mit Argusaugen beobachte um noch mehr Beweise zu bekommen.

Ihre Augen gleiten über die Wände und bewundern die Bilder. Sie verweilen auf einem ganz bestimmten Bild und ich folge ihrem Blick. Es ist ein neues Stück, das auf der Party noch nicht hier war. Auch wenn sie die anderen Stücke erkennt ist es offensichtlich, dass sie dieses zum ersten mal sieht.

„Was siehst du dir an?", frage ich.

„Ich erinnere mich nicht an dieses", erwidert sie abwesend.

„Erinnern?", frage ich. Ich habe ihren Ausrutscher

sofort bemerkt und ich sehe das sie rot wird. Sie fingert an ihrem Kleid herum, räuspert sich und stammelt ein paar Worte.

„Ja, ich bin Kunstfan und ich erinnere mich nicht an dieses Stück. Schwarz-weiß Fotografie mag ich am meisten und dachte, dass ich die ganzen berühmten Werke aus den Zwanzigern kenne, welches der Zeitraum ist, aus dem de anderen Stücke stammen." Sie lächelt während sie spricht aber ich kann in ihren Augen sehen, dass sie sich nicht wohl dabei fühlt mich so direkt anzulügen.

Ich grinse und untermale meine Worte während ich ausspreche, wobei es mir egal ist wie unwirklich ich mich anhöre. „Ich verstehe."

Der Kellner kommt und sie bestellt sich schnell etwas zu trinken. Sie merkt, dass ich sie verdächtige, und ich glaube sie wird sich für den Rest des Abends sehr vorsichtig verhalten, und alles tun um sich unter Kontrolle zu halten. Während unserer weiteren Unterhaltung denkt sie eindeutig über ihre Antworten nach bevor sie etwas sagt.

Sie weiß wie nah dran sie war aufzufliegen und es ist ein Fehler, der ihr mit Sicherheit nicht noch einmal unterlaufen wird. Ich tue immer noch was ich kann um die Konversation auf die Gespräche zu bringen, wie wir sie in jener Nacht hatten, aber sie leistet hervorragende Arbeit dabei meinen Fragen auszuweichen.

Ich weiß, dass sie ihr Geheimnis für sich behalten will und ich respektiere das. Aber mit einem komme ich nicht klar und es ist genau das, was ich heute Nacht unbedingt noch herausfinden will.

Warum lügt sie mich an?

12

Ich stöhne lustvoll als er mit seiner Zunge zwischen den Lippen meiner Pussy entlanggleitet, an meiner Klit saugt und kleine Kreise mit seiner Zunge zieht. Ich weiß nicht wie das passiert ist. Ich hatte nicht vor Sex mit ihm zu haben. Ich habe seine Einladung zum Abendessen nicht angenommen weil ich ihn ficken wollte.

Aber es ist passiert. Es passiert gerade. Wir sind vom Restaurant zurückgekommen und er hat mich hereingebeten um den Babysitter zu verabschieden und sicher zu stellen, dass mit Brayden alles in Ordnung ist.

Als wir dann allein waren fing er an mich zu küssen und ich habe seinem Kuss erwidert. Dann sind wir zum Schlafzimmer gegangen und haben uns auf dem Weg dorthin gegenseitig die Sachen vom Leib gerissen.

Ich wusste was ich wollte und innerhalb von Sekunden hatte er mich hochgehoben und auf das Bett geworfen und sich küssend seinen Weg vom Hals an nach unten gesucht, bis er zwischen meinen Beinen angekommen war. Das ist das erste Mal, dass ein Mann mich leckt. Normalerweise bin immer ich diejenige, die es dem Mann mit dem Mund macht, dann haben wir Sex und es ist vorbei.

Mit Rex ist alles anders. Er will mich lecken, also tut er es. Er fragt mich nicht, er sagt es mir und ich gehorche gern. Langsam fühle ich wie sich diese wundervolle Spannung wieder aufbaut, wie beim letzten Mal. Ich spüre das ich gleich kommen werde, als er plötzlich aufhört, aufsteht und mich auf den Bauch dreht. Er hat außer seinen Boxershorts nichts an und ich höre ein Rascheln als er sie im Dunkeln auszieht.

ICH BIN auf meinen Händen und Knien auf dem Bett, mein nackter Hintern streckt sich ihm entgegen. Er kniet hinter mir, seine Hände streichen über meinen Körper, erkunden, genießen. Er spreizt meine Pobacken und schlägt dann sanft darauf, was mich zum aufschreien bringt. Ich versuche nicht so laut zu sein, ich weiß das Brayden im Bett ist, aber bevor ich mich unter Kontrolle bringen kann greift er in meine Haare und zieht fest daran.

Die Kraft mit der mein Kopf nach hinten schleudert, lässt bei mir die Frage aufkommen, ob er wusste, dass ich in der ersten Nacht eine Perücke aufgehabt habe. Er war entweder vorsichtiger in der Nacht wegen der Perücke, oder er traut mir mehr zu, als in der anderen Nacht. Wie auch immer, der Schmerz, der durch meinen Körper rast, bringt mich an den Rand eines Orgasmus und ich spüre wie meine Augen im Kopf nach hinten rollen vor Lust.

Er greift nach unten und presst seinen Schwanz an meine Muschi, neckt mich. Ich spüre den Kopf seines massiven Schwanzes, ungeduldig darauf wartend in mich einzudringen und ich zittere vor Erwartung. Ich will ihn so sehr in mir, dass ich es kaum aushalte. Mit einem plötzlichen Stoß drückt er sich so tief in mich wie es geht. Erneut stöhne ich auf und lehne mich nach vorn auf das Bett um sein Gewicht besser tragen zu können.

Ich hatte keine Ahnung das er so tief gehen konnte und er ist so groß, dass ich den Eindruck habe er würde mich entzwei reißen. Vor Schmerz und Lust kommen mir die Tränen und ich kralle mich in das Bettlaken und wappne mich als er anfängt in mich hineinzustoßen. Er hält sich an meinen Hüften fest, hält mich ruhig während er zustößt. Ich stöhne lustvoll und bin froh das er mich so fest hält oder ich würde auf das Bett fallen, da ich nicht in der Lage wäre mich selber zu halten.

Ich spreize meine Beine noch etwas mehr, fühle den Druck als er noch etwas tiefer eindringt. Sein Körper knallt gegen meinen Hintern und der Klang unserer Kollision macht mich nasser als ich jemals zuvor war. Ich stöhne und drücke ihm meinen Hintern entgegen, lasse ihn mich nehmen, so wie er es will.

Ich nähere mich dem Orgasmus und ein Teil von mir will, dass es noch nicht passiert. Ja, ich finde es großartig, dass er diese Gefühle in mir weckt. Ich will dass er es wieder und wieder tut, aber ich weiß, dass wenn ich einen Orgasmus hatte es fast vorbei ist und ich mag die Leere nicht, die er zurücklässt wenn er nicht mehr in mir ist.

Ich will nicht, dass das hier nur ficken ist. Das er mich lediglich flachgelegt hat. Ich will ihn lieben und ich will, dass er mich liebt. Ich will, dass er mich immer so wie jetzt nimmt. Ich will, dass er mich jeden Tag ausfüllt und ich will diejenige sein, die ihn befriedigt wenn er geil ist.

Meine Unerfahrenheit spielt keine Rolle wenn ich mit Rex zusammen bin. Er weiß mich zu nehmen und ich weiß, dass er derjenige sein will der nimmt. Er will mich benutzen, zu seinem Vergnügen, und ich will mich ihm anbieten. Ich will, dass er tief in mir ist. Ich will sogar, dass er noch tiefer geht.

Ich stöhne und drücke mich an ihn als ich spüre, wie mich der Orgasmus überrollt. Welle um Welle aus Lust fegt über mich und meine Arme und Beine werden butterweich. Ich glaube nicht, dass ich noch in der Lage bin mich auf dem Bett aufrecht zuhalten und die Gefühle in mir verstärken sich, als er erneut an meinen Haaren zieht.

IN DEM VERZWEIFELTEN Versuch Brayden nicht aufzuwecken, drücke ich mein Gesicht in das Kissen und schreie meine Lust heraus. Er greift um mich, massiert meine Titten und kneift in meine Nippel. Der Schmerz schickt neue Erregung durch meinen Körper und ich habe das Gefühl gleich ohnmächtig zu werden vor Lust.

Aber er ist noch nicht mit mir fertig. Er hebt plötzlich meine Hüften an und stößt so tief in mich wie er nur kann. Ich stöhne lustvoll, auch wenn ich schon fertig bin, und spüre die Leidenschaft während er damit fortfährt in mich zu stoßen und mich durch die Wellen des Nachbebens zu reiten. Er stöhnt laut und ich weiß, dass er selber kurz vor dem Orgasmus steht.

„Spritz in mich. Bitte spritz in mich", bettle ich.

Ich muss nicht noch einmal darum bitten, er grunzt und stößt noch einmal in mich, hält meine Hüften fest als er so tief geht wie er nur kann. In dieser Position kann ich seinen Schwanz sogar noch mehr als zuvor spüren als er sich in mir entlädt. Ich lächle still in mich hinein. Es gibt nur wenige Dinge, die schöner sind als ihn in mir zu spüren, aber so wie er mich an sich drückt, fühle ich mich behütet – als ob ich die einzige auf der Welt wäre, die ihm etwas bedeutet.

Er stößt noch zweimal zu bevor er sich aus mir zurückzieht und ich spüre die Wärme seines Spermas, das mir am Bein entlang rinnt. Ich schaue über meine Schulter, werfe meine Haare zur Seite und lächle.

„Das war unglaublich", sage ich atemlos.

Zu spät merke ich, dass ich genau dieselben Worte gesagt habe als wir zum ersten mal Sex hatten, doch ich nehme den merkwürdigen Blick, den er mir zuwirft, gar nicht wahr. Alles woran ich gerade denke ist, dass ich mich sauber machen muss.

Ich schnappe meine Tasche, die neben dem Bett steht, und bemerke nicht das Metall, das auf den Fußboden fällt. Ich eile in das Badezimmer und nehme mir eines der feuchten Tücher, die ich immer bei mir habe und säubere mich lächelnd.

Ich will mich nicht so weit aus dem Fenster lehnen und behaupten, das wäre der Anfang von etwas, aber ein Teil von mir hofft das mehr als alles andere. Nichts wäre schöner als eine Beziehung mit ihm zu haben – unser Essen heute Abend hat mich wieder daran erinnert warum ich mich eigentlich in ihn verliebt habe.

Ich gehe wieder ins Schlafzimmer und zeihe meine Unterhose an. Er hat seine Boxershorts an, liegt im Bett und beobachtet mich.

„Ich hoffe du bleibst heute Nacht", sagt er. Mein Herz schlägt mir bis zum Hals und ich lächle. Ich hatte schon Angst das er nicht fragt, aber jetzt bin ich erleichtert.

„Gern", erwidere ich und hüpfe wieder ins Bett. Ich freue mich schon auf den Sex am Morgen.

„Ich gehe nur schnell nach Hause und bin gleich wieder da", sage ich am nächsten Morgen, als ich aus dem Badezimmer komme. Ich habe kein Make-Up und nichts bei mir und ich will mich etwas frisch machen bevor ich mich wieder um Brayden kümmere.

Rex sitzt am Bettende und starrt auf etwas. Ich zögere.

„Hast du gehört?", frage ich.

„Was ist das?", erwidert er. Verwirrt mache ich einen Schritt nach vorn. Mein Herz rutscht mir in die Hose als ich sehe, dass er mein Armband in der Hand hält.

„Oh, das... das ist nichts. Es war ein Geschenk von einem Freund.", sage ich. Ich wühle hektisch in meiner Tasche, verwirrt darüber wie es herausfallen konnte.

„Ein Freund? Oder ein Kunde? Hör mit deinen verdammten Lügen auf, Shoshana. Dein Spiel ist vorbei." Ich weiß nicht, was mich mehr schockiert – seine Worte oder die Wut die ich höre.

Ich starre ihn an, blinzle ein paar mal und versuche mich zu beruhigen. Was weiß er schon?

„Was meinst du?", frage ich und versuche unschuldig zu klingen, aber meine Worte sind kaum lauter als ein Flüstern. Er lacht.

„Willst du dich jetzt wirklich dumm stellen? Hast du wirklich gedacht, du könntest jeden Tag hier her in mein Haus kommen und ich würde es nicht bemerken? Dein Spiel ist vorbei", wiederholt er.

Meine Brust wird eng, drückt auf meine Lungen und ich bekomme kaum Luft. Meine Angst wächst und ich erinnere mich plötzlich an jeden Streit, den ich jemals mit meiner Mutter hatte. Es ist dasselbe Gefühl, das ich immer habe, bevor mir der Boden unter den Füßen weggezogen wird und mein Leben wiedereinmal in die Brüche geht.

Also er weiß es. Er weiß... alles. Und jetzt wird mir wieder alles weggenommen.

Mein Kopf dreht sich und ich frage mich wann er

darauf gekommen ist. Ich hätte es wissen sollen als er mich gestern Abend in das Restaurant geführt hat.

Plötzlich wächst das Bedürfnis mich zu verteidigen in meiner Brust. Mir ist als würde ich gleich explodieren und ich will meine ganze Angst an ihm auslassen. Ich will ihm sagen, dass er sich verdammt noch mal aus meinem Leben verpissen soll. Ich will ihn schlagen – wenn der Boden schon weggezogen wird, dann will ich diesmal diejenige sein, die zieht. In meiner ganzen Angst und Wut, lache ich.

„Spiel? Schön, du hast mich erwischt", sage ich höhnisch.

Er sieht mich an und ist sichtlich nicht von meinem Verhalten begeistert. „Warum? Das will ich wissen – warum?", wiederholt er. Ich sehe die Wut in seinen Augen und das ist wie Benzin auf mein eigenes Feuer.

„Weil ich es satt habe ständig vom Leben gefickt zu werden. Ich habe mich dazu entschlossen endlich einmal selber die Kontrolle zu übernehmen und das habe ich auch getan! Es muss schön sein wenn man sich keine Sorgen um Geld machen muss – keine Sorgen darum, wo die nächste Mahlzeit herkommt. Ich hatte diesen Luxus niemals und ich werde mich nicht für das, was ich tun musste entschuldigen." Ich mache eine Pause, denn ich bin nahe daran zu schreien. Ich hole tief Luft, spüre wie mir die Tränen kommen und will hier weg sein bevor es soweit ist. „Es tut mir leid, dass ich nicht die Person bin, die du eingestellt hast um auf Brayden aufzupassen. Zufrieden?" ich schnappe meine Tasche und werfe sie mir über die Schulter.

„Ich hoffe, dass du das findest wonach du suchst, Rex, aber du wirst es nicht beim Begleitservice finden, so viel steht fest." Meine Worte kommen heiß und halblaut heraus und ich wirble auf dem Absatz herum, stürme durch das Haus und laufe zur Tür.

„UND DU WIRST NICHT das finden wonach du suchst, indem du vorgibst jemand anderes zu sein", schießt er zurück und ich höre die Verachtung in seiner Stimme.

Das tut mehr weh als alles andere, was passiert ist. Ich hole tief Luft, versuche die Teile meines gebrochenen Herzens zusammenzuhalten und drehe mich ein letztes mal zu ihm um. „Dann ist es wohl besser wenn ich mich von jetzt an von dir und deinem Sohn fernhalte", sage ich und höre die Erschöpfung in meiner Stimme, als ich die Tür hinter mir zuschlage. Es ist mir egal ob ich Brayden aufwecke. Es ist mir egal ob ich die ganze Nachbarschaft aufwecke. So weit es mich betrifft kann er sich zum Teufel gehen.

Ich laufe auf dem Fußweg zu Jasmines Haus und mein Kopf dreht sich immer noch. Ich will weinen aber ich habe keine Tränen. Er hat mich zu dem Restaurant geführt und mich nach Hause gebracht um mich zu ficken, alles in dem Wissen, dass ich die Begleiterin war, die er in jener Nacht eingestellt hatte. War das alles was er von mir wollte? Hatte er mich sofort erkannt und nur auf den richtigen Zeitpunkt gewartet um mich zu erniedrigen?

Kein Wunder, dass er mich gefickt hat als ob ich ihm gehören würde – er hat das wahrscheinlich tatsächlich angenommen.

Natürlich war er so angewidert davon das ich aufgetaucht bin und so getan habe, als wäre alles normal – als ob ich unschuldig genug wäre um ein Teil seines Lebens zu sein. Ich wusste, dass diese Nacht ein Märchen gewesen war und ich hätte es sofort danach beenden sollen.

Zu viele Gefühle toben in mir, ich habe zu viele Fragen wie alles so fruchtbar schief gehen konnte und ich konnte mich auf gar nichts richtig konzentrieren.

Ich wollte nur nach Hause und in mein Bett. Ich wollte das alles vergessen – ich wollte so tun, als ob ich Rex Jordan niemals getroffen hatte.

Ich hätte mich an Jasmines Regeln halten sollen – ich hätte mein Leben und meine Arbeit getrennt halten sollen.

13

„Ich will kein anderes Kindermädchen! Ich will Shoshana zurück!" Brayden hält seinen Teddybär in einem Arm und weint, und ich fühle wie die Anspannung in meiner Brust wächst. Ich erkläre ihm erneut, dass ich verstehe was er will, dass ich ihm aber leider nicht helfen kann.

Ich wusste das Brayden Shoshana mochte, hatte aber keine Ahnung wie sehr – und das nach so kurzer Zeit. Das würde alles nur noch schwieriger machen.

„Ich finde jemanden, der genauso wie Shoshana ist, Kumpel, keine Sorge. Du wirst sie genauso wie Shoshana lieben, vertrau mir." Ich weiß, dass ich zuversichtlicher bin als ich es sein sollte, aber es ist das beste was ich im Moment tun kann.

Tatsache ist, dass ich mich selber nach Shoshana sehne. Ich würde alles darum geben sie wieder hier zu haben. Ich habe Stunden damit verbracht darüber nachzudenken, wie ich sie davon überzeugen könnte wieder zu kommen, wenn schon nicht mir zu liebe, dann wenigstens für Brayden.

Aber ich fürchte der Schaden ist angerichtet und ich werde Shoshana nicht wiedersehen – dieses mal endgültig.

Es ist fast zwei Wochen her seitem sie gegangen ist. Fast zwei Wochen seit ich das letzte mal mit ihr gesprochen habe, und mir geht es nicht gut. Ich fühle mich schrecklich wegen meinem Sohn, und ich würde alles tun, um es wieder gut zu machen. Zu sehen wie mein Sohn leidet tut mir weh, aber es tut noch mehr weh, wenn ich daran denke was ich verloren habe.

Ich wusste, dass ich gewisse Gefühle für Maddison hatte, aber mir war gar nicht klar gewesen wie sehr Shoshanas Anwesenheit mir gut getan hatte. Wie sehr ich angefangen hatte mich auf sie zu verlassen, bevor mir klar wurde das Maddison und sie ein und dieselbe Person waren. Wissend das ich beide Frauen verloren hatte – diese beiden Seiten von dieser charmanten Frau – tut ununterbrochen weh.

Als sie an diesem schrecklichen Morgen gegangen war, war es mir egal gewesen. Zu einem gewissen Teil war ich sogar froh, dass sie weg war. Ich bin es nicht gewohnt das Menschen gegen mich aufbegehren. Ich hasse es wenn Menschen mit mir streiten oder mich herausfordern, besonders wenn ich weiß, dass ich recht habe. Das ist mein Haus und sie hatte mich angelogen. Sie hatte kein recht dazu und hätte sich eigentlich entschuldigen sollen. Zumindest schuldete sie mir eine Erklärung.

Wie die Dinge so außer Kontrolle geraten konnten, ist mir immer noch nicht klar. Gerade hatte ich sie noch gefragt warum sie mich angelogen hat und im nächsten Augenblick kündigt sie ihren Job. Ich hätte nicht gedacht das Ehrlichkeit für sie so eine große Sache sein würde. Ich hatte gedacht sie wäre jetzt wütend, würde dann zurückkommen und mir alles erklären, ihren Job zurückhaben wollen und alles wäre gut.

Nicht nur gut sondern besser. Aber ich lag falsch.

Ich habe ohne Shoshana nicht nur kein Kindermädchen für meinen Sohn, sondern auch immer noch keine Antworten. Sie hat mir niemals erzählt warum sie dachte sie müsse mich anlügen und das macht mir mehr zu schaffen als es mir lieb ist.

WAR sie nicht an mich interessiert und dachte deshalb es wäre besser unsere gemeinsame Nacht gar nicht zu erwähnen? Warum aber hatte sie dann wieder mit mir geschlafen? Sie konnte ihren Job nicht als Entschuldigung vorschieben – nicht einmal die beste Begleiterin der Welt konnte eine solche Anziehungskraft vortäuschen.

Dieses Grübeln ist sehr untypisch für mich und noch etwas das mir zu schaffen macht.

Ich schaue jeden Tag auf mein Handy, in der Hoffnung von ihr zu hören. Ich versuche ab und zu ihr eine Nachricht zu schicken. Ich hoffe, dass sie rangeht, wenn ich versuche sie anzurufen, aber das tut sie nie. Es wird mir mit jedem Tag klarer, dass sie nichts mehr mit mir und meinem Sohn zu tun haben will.

Ich habe versucht die Agentur anzurufen um den Vertrag zu beenden, den sie unterschrieben hat, aber dort sagte man mir, sie habe auch ihren Vertrag mit der Agentur bereits beendet. Das verwirrt mich am meisten – wie kann sie einfach so ihren Job beenden? Und schlimmer noch, ich frage mich, ob sie wieder zum Begleitservice zurückgegangen ist. Ich muss diesen Gedanken weit wegschieben – der Gedanke an sie, in den Armen eines anderen Mannes ist mehr als ich im Moment ertragen kann.

Aber jetzt wo sie weg ist kann ich nichts anderes tun.

Kein noch so starker Wunsch wird sie wieder zu uns bringen und auch wenn ich mich damit abgefunden habe ein neues Kindermädchen für Brayden zu suchen, weiß ich doch, dass es niemals wieder so schön werden wird, wie es gewesen war.

ICH HOLE mein Laptop heraus und öffne ihn bevor ich Brayden bitte sich zu mir zu setzen.

„Warum schauen wir uns die Bilder nicht gemeinsam an und du findest jemanden der nett aussieht?", sage ich. Er denkt für ein paar Sekunden darüber nach, zuckt dann mit den Schultern und kommt zu mir. Ich ziehe ihn auf meinen Schoss, halte ihn einen Moment lang fest und denke darüber nach, wie sehr ich ihn liebe.

„Daddy! Ich will die Bilder sehen!", sagt er und zappelt herum. Ich lasse ihn langsam los und wir schauen uns gemeinsam die verschiedenen Profile der Kindermädchen an, die im Moment verfügbar sind.

Ich scrolle langsam nach unten und jedes Profil das ich sehe, erinnert mich nur immer wieder daran, dass niemand so sein wird wie Shoshana. Ab und zu sehe ich ein Mädchen, das ihr ähnlich genug ist um mein Herz schneller schlagen zu lassen, aber jedes mal wenn ich einen zweiten Blick darauf werfe, sehe ich das es nur ein weiteres Mädchen mit einem ähnlichen Lächeln ist.

Brayden fallen auch ein paar mal Bilder von Mädchen mit rotem Lippenstift und braunen Haaren auf. Aber er schaut genauso enttäuscht wie ich wenn er feststellt, dass es nicht Shoshana sondern jemand anderes ist.

„Wie wäre es mit ihr?", frage ich, als ich ein Mädchen gefunden habe das Shoshana so unähnlich wie möglich ist. Das ist ein blondes Mädchen mit braunen Augen und einem breiten Lächeln, und auch wenn ich nicht unbedingt von der Aussicht begeistert bin sie anzustellen und den ganzen Prozess noch einmal mit einem neuen Kindermädchen durchzumachen, bete ich im Stillen, dass sie meinem Sohn gefällt.

Er wirft einen kurzen Blick auf das Bild, schüttelt dann den Kopf und leise seufzend gehe ich wieder zurück zur Hauptseite. Wir schauen uns die Profile schweigend an und ich frage mich nach was er bei der der Auswahl eines Mädchens sucht.

„Siehst du eine die du magst?", frage ich. Er schweigt einen Moment lang und ich stoße ihn leicht an.

„Kumpel? Siehst du eine die du gern kennenlernen würdest?", frage ich erneut. Er seufzt und schüttelt seinen Kopf und ich deute auf ein anderes Mädchen. Diese sieht Shoshana ähnlicher als die letzte, was einen glühenden Schmerz in meiner Brust verursacht.

Ich ignoriere ihn und versuche mehr an meinen Sohn, als an mich zu denken.

Ich sage mir, dass ich mich mit jedem Mädchen, das ich anstellen werde, so wenig wie möglich befassen werde. Ich werde den Vertrag unterschreiben und werde überprüfen ob sie gute Arbeit mit meinem Sohn leistet, aber ich habe keinerlei Absichten sie näher kennenzulernen.

In der Vergangenheit habe ich immer versucht eine gute Beziehung zu ihnen aufzubauen, da ich wusste, dass Brayden teilweise sehr schwierig sein konnte wenn man nicht an sein Temperament gewohnt ist. Aber der Gedanke irgendeine dieser Frauen kennenzulernen stößt mich ab. Keine von ihnen ist die Frau, die ich will, und deshalb will ich auch keine von ihnen kennenlernen.

„Ich will Shoshana", sagt Brayden. Er hatte die letzten paar Minuten intensiv auf das Bild des Mädchens gestarrt das ich ausgesucht hatte, und ich seufze.

Ich hatte gerade ihre Referenzen gelesen und ich musste zugeben, dass sie die beste Wahl zu sein schien von den Mädchen die auf der Seite noch verfügbar waren.

Er hat recht. Das Mädchen ist nicht Shoshana, und

sie ist es nun einmal, die wir wollen. Es hat nichts damit zu tun wie nett diese anderen Mädchen sind, oder wie gut sie zu uns passen würden. Für mich hat es nichts mit ihren Referenzen zu tun, oder damit, was sie in ihrer Vergangenheit mit Kindern schon gemacht haben.

Keine dieser Frauen ist Shoshana und egal wie sehr ich will das sie es sind, es wird nicht passieren. Langsam kommt mir ein anderer Gedanke und ich drehe mich zu Brayden um, um ihn direkt anzusehen.

„Was hältst du davon wenn wir uns auf ein Abenteuer begeben?", schlage ich vor. Er schaut mich überrascht an und weiß offenbar nicht was er sagen soll. Ich habe ihn in der Vergangenheit oft mitgenommen, das hatte sich aber geändert als er alt genug war um ein Kindermädchen zu haben.

„Ich habe gedacht wir zwei könnten für eine Weile verschwinden. Also bis wir beide uns besser fühlen?" Ich lächle in der Hoffnung das mein Enthusiasmus sich auf ihn überträgt.

Er mustert mich ein paar Sekunden lang und ich sehe in seine Augen, dass er nicht sicher ist, was er sagen soll. Er zuckt mit den Schultern und ich lache.

„Oh, komm schon! Du weißt, dass es lustig wird. Du hast es immer geliebt wenn ich dich mitgenommen habe!" Ich stoße ihn leicht an und dann lächelt er endlich.

. . .

„Schön, ich will mit!", sagt er endlich. Er klettert von meinem Schoss, rennt in sein Zimmer und ich sehe ihm hinterher und fühle mich etwas besser. Ich weiß nicht wohin wir gehen, oder wie lange wir unterwegs sein werden, aber ich weiß, dass wir beide diese Therapie brauchen.

Plötzlich kommt mir noch ein anderer Gedanke. Wenn Shoshana nicht arbeitet, und hoffentlich ist sie nicht zum Begleitservice zurückgekehrt, dann bedeutet das, dass sie wahrscheinlich große Geldprobleme hat. Und das bedeutet, dass sie wahrscheinlich nicht das Geld für ihre Ausbildung hat.

Ich könnte ihr dabei helfen und dann wieder abtauchen. Sie braucht ja nicht einmal zu wissen, dass ich es war. Es wäre ein schönes Abschiedsgeschenk und vielleicht verschafft es mir die Ruhe, die ich brauche, während ich ihr dabei helfe das im Leben zu erreichen, was sie verdient.

Ich lächle als ich die Kindermädchenseite verlasse und zur Webseite der Universität gehe.

Es wird eine große Überraschung werden.

14

„Hallo?", sage ich und halte mir das Telefon ans Ohr.

Es ist die Nummer der Universität, aber ich habe keine Ahnung warum sie anrufen. Ich weiß, dass meine ganzen Unterlagen übermittelt wurden, aber ich kann nicht eher anfangen als bis ich meine Aufnahmegebühren bezahlt habe. Und das Problem dabei ist, dass ich bisher noch keinen Job gefunden habe der genug Geld einbringt das ich sowohl meine Wohnung als auch die Gebühren zahlen kann.

„Ja, spreche ich mit Miss Bailey?", fragt mich die Stimme.

„Ja, das bin ich", erwidere ich. Ich will wissen was sie will aber ich muss geduldig sein. Sie kommt schon noch dorthin, aber sie lässt sich unglaublich viel Zeit. Ich frage mich, ob sie das mit Absicht tut.

„Ich rufe an um mit Ihnen über Ihre Aufnahme zu sprechen", sagt sie. Ich höre, dass sie noch mehr sagen will, aber ich unterbreche sie. Vielleicht weiß sie ja nicht, dass ich mich noch nicht eingeschrieben habe wegen der Studiengebühr.

„Ja, ich weiß, dass meine Unterlagen übermittelt wurden und ich arbeite im Moment daran das Geld zusammenzubringen. Ich möchte so schnell wie möglich anfangen, also glauben Sie mir, ich arbeite daran." Ich lache nervös wie immer wenn ich mich in einer solchen Situation befinde. Sie ist freundlich genug um mich ausreden zu lassen, doch ich höre, dass sie gern etwas sagen möchte.

„Ja, genau deshalb rufe ich an, Miss Bailey. Das Geld wurde vollständig bezahlt. Ich rufe an um nachzufragen ob Sie auf dem Campus wohnen wollen oder ob sie Ihr eigene Wohnung haben?" Die Frage hängt in der Luft. Meine Gedanken wirbeln durcheinander und ich kann nicht klar denken.

Es ergibt keinen Sinn, dass das Geld bezahlt ist. Das ist unmöglich. Niemand in meiner Familie hat so viel Geld, und ich habe auch zu niemanden in meiner

Familie so gute Beziehungen, dass derjenige die Gebühr bezahlen würde. Es muss von jemand anderem kommen, aber es ergibt einfach keinen Sinn.

„Können Sie mir sagen wer es bezahlt hat?", frage ich und ignoriere ihre Frage.

„Eine Sekunde bitte, ich schaue schnell nach." Sie tippt auf einer Tastatur und ich sitze auf der Couch, halte den Atem an und spüre mein Herz in der Brust klopfen. Ich habe einen Verdacht wer es war, aber ich will es sicher wissen.

„Es tut mir leid, es sieht so aus, als wäre es anonym bezahlt worden. Ich kann da jetzt nicht nachschauen, aber wenn es wirklich wichtig für Sie ist, dann melde ich mich in ein bis zwei Tagen noch einmal." Sie klingt nicht als würde sie das wirklich tun wollen und ich will auch nicht so lange warten. Zu wissen, dass es anonym gezahlt wurde, bestätigt nur meinen Verdacht darüber wer es war, also lehne ich ihr Angebot ab.

„Ist schon gut. Ich glaube ich weiß wer es war, ich wollte mich nur bedanken, das ist alles", lüge ich. Ich höre sie am anderen Ende lachen.

„Und wo möchte Sie jetzt wohnen?" Sie kommt wieder auf ihre eigentliche Frage zurück und ich kann mich nur schwer darauf konzentrieren. Davon habe ich geträumt seit ich nach L.A. gekommen bin und jetzt scheint sich alles zu einem glücklichen Ende zu fügen.

Wenn ich auf den Campus ziehe dann brauche ich nicht mehr bei Jasmine zu wohnen und hätte sogar mein eigenes Bett. Ich könnte mich auch nach einem Job umsehen und Geld sparen für die Zeit, wenn ich nicht mehr auf dem Campus bin. Es ist die perfekte Lösung für meine Probleme und ich fühle wie mir eine Last von den Schultern fällt.

„Auf dem Campus. Ich werde auf jeden Fall auf dem Campus wohnen!", sage ich und kann die Aufregung in meiner Stimme nicht verbergen. Sie stellt noch ein paar Fragen und ich tue was ich kann um sie so gut es geht zu beantworten. Ich hätte nie gedacht, dass ich das heute tun würde und ich fühle mich vollkommen überwältigt.

Als sie fertig ist klopft mein Herz stürmisch in meiner Brust.

„Schön. Ich denke das ist alles für jetzt. Danke für Ihre Geduld und wir freuen uns darauf Sie zu sehen." Ich schaffe es gerade noch ihr auf Wiedersehen zu sagen und als ich aufgelegt habe kommt Jasmine aus der Küche.

„Was war das denn?", fragt sie. Ich sitze auf der Couch und halte die Hand an meine Stirn. Ich kann nicht klar denken. Ich möchte lachen, weinen und schreien, alles zur gleichen Zeit. Ich bin dankbar, dass mir diese Last von den Schultern genommen wurde, aber ich bin auch stinksauer.

Ich bin stinksauer das er sich die Freiheit herausnimmt so etwas zu tun, ohne zuerst mit mir darüber zu reden. Seit ich aufgehört habe für Rex zu arbeiten ist mein Leben schrecklich.

WENN ICH AN UNSEREN STREIT ZURÜCKDENKE, dann fällt mir auf wie schnell ich angefangen habe mich zu verteidigen. Ich hatte Angst er würde mir das Herz brechen, also habe ich es selber getan, noch bevor er eine Chance dazu hatte. Er war etwas wütend, aber alles was er getan hatte war mir ein paar Fragen zu stellen – Fragen auf deren Antworten er ein gutes Recht hatte.

Nachdem ich mich wieder beruhigt und die Gefühle beiseite geschoben hatte, wurde mir klar, dass ich viele Vermutungen angestellt hatte, die wahrscheinlich gar nicht zutrafen. Ich dachte er würde es verurteilen das ich für den Begleitservice gearbeitet habe, mich verachten dafür, dass ich versucht habe mich als jemand anderes auszugeben. Jetzt wo mein Kopf wieder klar ist, weiß ich, dass er mich niemals so abwertend beurteilt hätte. Das waren nur meine eigenen Befürchtungen, die an die Oberfläche kamen und sich gegen mich mich gewendet haben.

Ich habe meine Entscheidung bereits am nächsten Tag bereut, aber mein Stolz hat mich davon abgehalten zurückzugehen oder seine Anrufe entgegenzunehmen. Nach der Show die ich abgezogen hatte, hoffte ich, dass ich ihn nie wider sah, egal wie sehr ich ihn und Brayden vermisste.

Und außerdem war ich noch ein kleines bisschen verletzt, was mich auch davon abhielt ihn zu kontaktieren. Ich verstehe das er sich betrogen gefühlt hat, dass ich ihm nicht gleich gesagt habe wer ich bin, aber ich fühle mich betrogen davon wie er mich ausgetrickst hat, um die Wahrheit aus mir herauszubringen. Er hätte mich ja einfach fragen können, doch stattdessen hat er alles mögliche gegen mich unternommen.

Er hat mich angeschuldigt Spiele zu spielen, und genauso habe ich mich auch gefühlt – als sein ich für ihn nur ein Spiel. Zumindest habe ich nichts hinterhältiges getan. Ich glaube ich hatte das Recht meine Identität zu schützen und ich finde nicht, dass es so verkehrt war ihm nicht die Wahrheit zu sagen. Natürlich habe ich das oft gewollt. Einige Male schon wollte ich reinen Tisch machen und mir alles von der Seele reden, aber ich habe es einfach nicht über mich gebracht.

Daher kam wahrscheinlich auch meine schnelle

Verteidigung. Ich habe mich schon so schuldig gefühlt weil ich die Wahrheit so lange vor ihm verborgen gehalten hatte, dass ich dachte, er würde mich verachten als er mich so direkt darauf angesprochen hat. Ich habe meine Schamgefühle auf ihn projektiert.

„Jemand hat meine Aufnahmegebühr bezahlt. Ich ziehe auf den Campus.", erwidere ich endlich. Jasmine hebt ihre Augenbrauen und schaut mich belustigt an.

„Scheint so, als ob es doch für etwas gut war, dass du den Job hingeschmissen hast", sagt sie.

Ich seufze. Ich habe ihr niemals die Wahrheit darüber gesagt was passiert ist. Ich wollte nicht, dass sie erfuhr, dass es sich um denselben Mann handelte mit dem ich zuvor ausgegangen war. Ich wollte nicht das sie denkt, dass ich mit meinem Boss schlafe. Ich wollte einfach nicht, dass sie es wusste.

Ich habe ihr stattdessen erzählt das mein Arbeitgeber nicht das war, was ich angenommen hatte, und dass ich das Gefühl hatte, ich müsste dort so schnell wie möglich wieder weg. Sie weiß, dass er reich ist und sie schien meine vage Erklärung zu akzeptieren.

Nachdem wir darüber gesprochen hatten, kam das Thema nie wieder hoch. Ich suchte nach einem neuen Job und sie führte weiterhin das Leben das sie liebte.

. . .

„ICH FREUE MICH FÜR DICH", sagte sie und unterbrach erneut meine Gedanken. Ich zwinge mich zu einem Lächeln. Ich freue mich auch, aber ich bin immer noch der Meinung, dass er zu weit gegangen ist. Und dann meldet sich eine Stimme in mir, dass ich ihm danken sollte.

Er hat gerade Tausende von Dollar bezahlt, die über meinem Kopf gehangen und mich davon abgehalten haben meinen Traum zu leben. Das mindeste was ich tun kann, ist ihm zu sagen, wie sehr ich das zu schätzen weiß. Und ihn zu fragen warum er es getan hat.

„Ich muss los", sage ich plötzlich und stehe auf. Ich schlüpfe in meine Schuhe und Jasmine beobachtet mich mit verschränkten Armen.

„Sicher, dass das eine gute Idee ist?", fragt sie. Ich denke daran, dass sie nicht die ganze Geschichte kennt und nicke, als ich sie über meine Schulter hinweg anschaue.

„Ja. Ich glaube ich brauche ein paar Antworten", erwidere ich. Sie nickt verständnisvoll, aber ich bin mir nicht sicher, dass sie es wirklich versteht.

Ich warte gar nicht ab ob sie mir noch etwas sagt. Ich will das so schnell wie möglich hinter mich bringen.

Ich stecke meine Hände in meine Taschen und

gehe die Straße entlang zu Rex Jordans Haus. Es ist ein wunderschöner Nachmittag und ich habe ausreichend Zeit um mir zurechtzulegen was ich sagen werde.

Dafür bin ich dankbar.

Ich werde die Zeit brauchen.

15

„Wie kann ich Ihnen helfen?" Ein Man steht hinter mir und sieht mich verwirrt an, als ich versuche durch das Glas zu spähen. Ich habe mehrmals geklingelt aber niemand hat die Tür geöffnet und es sieht auch nicht so aus, als würde jemand im Haus sein.

Das kam mir seltsam vor, denn das Auto stand noch in der Einfahrt und irgendjemand schien erst kürzlich im Haus gewesen zu sein. Ich drehe mich um, mustere ihn mit erhobenen Augenbrauen und frage mich, was ihn dazu veranlasst sich einzumischen.

„Ja, ein Freund von mir wohnt hier und ich muss ihn dringend sprechen. Ich habe seine Telefonnummer nicht mehr und ich hatte gehofft ihn hier zu finden." Ich lächle. Ich mag diesen Mann nicht und würde ihn gern zur Hölle schicken. Aber ich will keinen Ärger bekommen weil ich einfach auf das Grundstück gegangen bin, falls er annimmt ich wollte gewaltsam ins Haus eindringen.

„Nun, vielleicht sollten Sie öfter mit ihrem Freund reden. Er ist für eine Weile außer Landes und ich kümmere mich um alles während er weg ist. Und jetzt bitte ich Sie höflich zu gehen und hoffe Sie nicht noch einmal hier zu sehen." Der Mann verschränkt seine Arme und ich sehe in seinen Augen, dass er versucht mir nicht ganz so offensichtlich zu drohen.

Aber er hat sich klar genug ausgedrückt. Ich fasse es nicht was er gesagt hat und mache einen Schritt nach vorn.

„Was meine Sie damit, dass er außer Landes ist? Wohin ist er denn gefahren? Wie lange wird er weg sein? Hat er Brayden mitgenommen?" Ich stelle die Fragen so schnell das der Mann keine Zeit hat sie zu beantworten. Er lässt die Arme sinken und sieht mich mit erhobenen Augenbrauen an und scheint sich etwas besser zu fühlen, jetzt, wo er sieht, dass ich Rex offensichtlich wirklich kennne.

„Natürlich hat er seinen Sohn mit sich genomen! Wie viele Eltern kennen Sie, die das nicht tun würden?", fragt er und lacht kurz auf. Ich will ihm sagen das meine eigene Eltern mich so schnell es ging abserviert haben, beiße mir aber auf die Zunge. Es gibt Wichtigeres über das ich jetzt reden will.

„Ich muss ihn finden! Wann ist er gegangen?", frage ich. Meine Brust hebt und senkt sich von den tiefen Atemzügen und meine Handflächen werden feucht.

Auch wenn ich angenommen hatte ich sei mit Rex Jordan fertig, verursacht der Gedanke, dass er das Land verlassen hat – und ich keine Chance habe ihn zu sehen oder seine Stimme zu hören - Panik in mir. Was auch immer ich ihn fragen wollte, oder wie wütend ich auch auf ihn gewesen war – es wird alles unwichtig, als mir klar wird, dass er nicht immer da sein wird und darauf wartet das ich ihm vergebe oder zu ihm zurückkomme.

„Sie sind am frühen Nachmittag gefahren." Er mustert mich während er spricht, aber ich stampfe nur mit dem Fuß auf.

„Aber wohin? Wohin sind sie gefahren? Sprich mit mir, Mann!", schnappe ich. Ich will nicht, dass er denkt das ich verrückt bin, aber ich bin frustriert.

„So weit ich weiß sind sie am Flughafen, aber mehr werde ich nicht sagen!" Er verschränkt erneut seine Arme.

Mehr brauche ich nicht zu wissen. Jetzt muss ich

nur noch zum Flughafen kommen bevor sie in ein Flugzeug einsteigen.

Ein Taxi kommt vorbei und ich renne nach vorn, wedle mit den Armen und hoffe, dass der Fahrer mich sieht. Mein Herz setzt kurz aus als er an die Seite fährt und ich reiße die Tür auf.

„Ich muss so schnell wie möglich zum Flughafen!", schreie ich als ich einsteige. Er stellt keine Fragen, sondern hinterlässt nur zwei schwarze Streifen auf dem Asphalt als er mit quietschenden Reifen wieder zurück auf die Straße fährt.

Ohne etwas zu sehen starre ich aus dem Fenster. Alles woran ich denken kann ist, dass Rex weggeht und ich vorher mit ihm reden muss.

Ich weiß nicht wann er wieder zurückkommt. Und nach dem Gespräch mit dem fremden Mann bin ich mir nicht einmal sicher, ob er überhaupt wieder zurückkommt. Es schien mir als würde der Mann etwas verbergen und er wollte mir keine weiteren Auskünfte geben.

Ich werfe dem Taxifahrer ein Geldbündel zu und springe aus dem Auto sobald wir vor dem Flughafen angekommen sind. Ich weiß nicht, wie viel ich ihm schulde, aber das Geld das ich ihm gegeben habe, ist mehr als genug um die Fahrt zu bezahlen und enthält auch ein gutes Trinkgeld.

Ich renne in den Flughafen und schaue mir jedes Gesicht an das mir begegnet. Meine Gedanken wirbeln mir noch im Kopf herum und machen es mir schwer mich zu konzentrieren. Ich lese die Anzeigentafel, schaue nach internationalen Flügen – ich glaube nicht, dass sie einfach nur durch die Staaten reisen. Es gibt einige und die Gates sind meine beste Chance um Rex und Brayden zu finden.

Ich eile zu den zwei Ersten und schaue mir auch dort alle Gesichter genau an. Ich will gerade zum nächsten gehen, als ich plötzlich aus dem Augenwinkel heraus Braydens Jacke sehe.

Er und Rex sitzen nebeneinander, mit dem Rücken zu mir, aber die Jacke erkenne ich sofort. Ich hole tief Luft, eile nach vorn und hoffe bei jedem Schritt, dass mir nicht die Nerven versagen.

„Rex?", sage ich sobald ich in Hörweite bin. Er schaut überrascht auf und der Schock steht ihm ins Gesicht geschrieben als er mich erkennt.

„Shoshana? Was machst du hier?", fragt er. Er schaut sich um als ob er erwartet, dass ich mit jemandem zusammen hier bin.

„Ich musste mit dir reden. Ich weiß was du getan hast. Danke. Ich – Rex. Es tut mir leid." Es kostet mir viel Mühe die Worte hervorzubringen und ich schluchze. Ich weiß nicht warum mich diese ganzen

Gefühle mitten auf dem Flughafen überwältigen, aber ich halte sie nicht zurück.

„Ich liebe dich Rex. Ich konnte dich nicht gehen lassen ohne dir das zu sagen. Es tut mir leid was ich getan habe. Ich hatte solche Angst. Ich wusste nicht was ich tun sollte. Es – es tut mir leid." Die Worte strömen aus meinem Mund und ich habe gar keine Ahnung mehr was ich eigentlich sage. „Es tut mir leid das ich so überreagiert habe und davongelaufen bin anstatt mit dir zu reden. Ich hätte es erklären sollen, aber ich hatte einfach Angst." Ich kann das Schluchzen nicht mehr zurückhalten aber Rex ist aufgesprungen, nimmt mein Gesicht in seine Hände und hebt mein Kinn, damit ich ihm in die Augen sehe.

„Schhhh! Shoshana, bitte. Weine nicht. Ich wollte einfach noch etwas für dich tun, bevor sich unsere Wege endgültig trennen. Es tut mir auch leid." Er zieht mich an sich aber ich will mich losreißen. Ich will auf dem Flughafen keine Szene machen – und die Leute starren wahrscheinlich schon. „Es tut mir leid was passiert ist. Ich wollte nur die Wahrheit von dir hören, damit wir von vorn anfangen können. Ich wollte dir nicht weh tun und dich verletzen – ich dachte nicht, dass du deshalb gehen würdest oder ich hätte das niemals getan."

Ich drücke mich von seiner Brust weg, in dem Bedürfnis ihm in die Augen zu schauen. „Ich musste dir sagen, dass ich dich liebe", schluchze ich. Er zieht mich wieder an sich, streichelt mir über das Haar und tröstet mich.

„Shoshana, ich liebe dich auch. Darum muss ich weg. Ich kann nicht einfach in dem Wissen weiterleben, dass ich nicht mit dir zusammen sein kann. Ich weiß nicht wie du das gemacht hast, aber du hast unser Leben auf eine Weise verändert, wie ich es niemals wieder erwartet hätte..." Seine Worte verklingen und ich lege meine Hand auf seine und schaue ihm ins Gesicht.

„Dann bleib. Wenn du wegen mir gehst, dann bleib, bitte bleib", sage ich.

Er sieht mich an. Forschend gleitet sein Blick über mein Gesicht und dann sieht er auf seinen Sohn herab. „Was sagst du, Brayden? Meinst du wir können unsren Ausflug verschieben?"

Niemand hatte jemand behauptet das Brayden kein kluger Junge war. Er nickt heftig und grinst. „Nur wenn Shoshana das nächste mal mitkommt!"

Ich schaue auf Brayden herab, wuschle ihm durch die Haare, und bin gerührt von diesem Zeichen der Zuneigung von dem süßen Jungen. „Danke, Brayden. Ich würde gern mitkommen wenn das für deinen Dad okay ist." Ich schaue wieder zu Rex und werde plötzlich ganz schüchtern.

OHNE EIN WEITERES Wort beugt sich Rex nach vorn und presst seine Lippen auf meine. Das ist der romantischste Kuss den wir bisher hatten. Ohne Lust, nur Liebe. Ich weiß nicht wie lange wir so zusammengestanden haben, aber irgendwann zieht er sich zurück.

„Das wäre schön", sagt er. „Und ich liebe dich." Er unterstreicht das mit einem weiteren Kuss.

„Das Boarding beginnt!" Die Stimme kommt über die Lautsprecher und Brayden schaut auf.

„Ich denke wir suchen uns ein kleineres Abenteurer für jetzt, was meinst du, Kumpel?", fragt Rex seinen Sohn. „Ich denke wir beide sollten Shoshana nehmen und Eis essen gehen. Was hältst du davon?" Rex sieht auf seinen Sohn herab und Brayden klatscht in die Hände und stimmt enthusiastisch zu.

„Und was hältst du davon?", fragt Rex dann und wendet sich mir zu. Ich werde rot und lächle.

„Ich denke das hört sich nach einer wundervollen Idee an.", sage ich.

ER NIMMT meine Hand in seine und drückt sie leicht und Brayden legt seine Hand in meine andere.

Zusammen gehen wir durch den Flughafen zur nächsten Eisdiele.

Zum ersten mal als eine Familie.

ENDE

©Copyright 2021 Michelle L. Verlag - Alle Rechte vorbehalten.
Das Werk, einschließlich aller seiner Teile, ist urheberrechtlich geschützt. Jede Verwertung ist ohne Zustimmung des Verlages und des Autors unzulässig. Dies gilt insbesondere für die elektronische oder sonstige Vervielfältigung. Alle Rechte vorbehalten.
Der Autor behält alle Rechte, die nicht an den Verlag übertragen wurden.

❦ Erstellt mit Vellum

www.ingramcontent.com/pod-product-compliance
Lightning Source LLC
LaVergne TN
LVHW011710060526
838200LV00051B/2836